外国名作家文集·阿索林卷（散文选）

寒江镇

UN PUEBLECITO：RÍOFRÍO DE ÁVILA

[西] 阿索林 / 著
王菊平 / 戴永沪 / 译
Azorín

漓江出版社
·桂林·

阿索林
（Azorín 1873—1967）

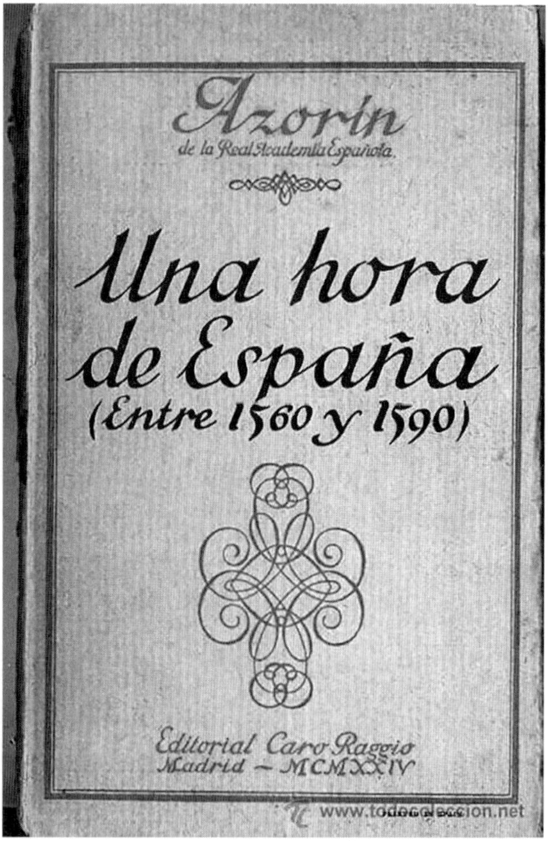
Azorín
de la Real Academia Española
Una hora
de España
(Entre 1560 y 1590)
Editorial Caro Raggio
Madrid — MCMXXIV
www.todocoleccion.net

《西班牙一小时》初版封面

The publication of this book, Anthology of Azorín, is made possible thanks to a Publication Subvention from Southern Arkansas University, USA, 2016

Esta edición de prosas selectas de Azorín se realizó gracias a una subvención de publicación que los traductores recibieron de Southern Arkansas University, EEUU, 2016

本书翻译出版得到了美国南阿肯色大学2016年教师研究基金会的出版赞助

目录

西班牙一小时（1560—1590）

译本序

阿索林和“九八年代”

本书作者阿索林是西班牙文学史上著名的“九八年代”流派的代表作家。他的创作包括小说、散文、戏剧、文学评论、政论等几方面。阿索林主要以散文大家和文体家闻名于世。

“九八年代”这一术语正是由批评家阿索林亲手拈出。它的缘起是发生于 1898 年的美西战争。美国在那场历时短暂的战争中轻易击败西班牙，夺取了古巴、波多黎各、菲律宾、关岛等西班牙最后几处海外殖民地。帝国没落、民生凋敝、群众麻木是当时国情，而战败更激发了西班牙知识界的危机意识。“九八年代”所关注的热门话题主要涉及欧化与传统、西班牙精神、宗教与科学进步等方面，笼统说来，也就是西班牙人对现代化这一挑战的回应。

一般认为，“九八年代”作家群的核心成员是乌纳穆诺、巴列－因克兰、巴罗哈、阿索林、安东尼奥·马查多、马埃思杜。这些人的文学风格各异，艺术造诣各有千秋，共同之处或许在于他们的创作都有实验性，都是对十九世纪的反动。他们的实验创新也往往有深厚的思想底蕴，有时候像是被思想推着走的。他们对思想和哲学有浓郁的兴趣，其中有人甚至抱怨西班牙文人学士中“美学家”太多，“社会学家”太少。在意识形态上，因为身处一个形形色色的思潮从境外纷至沓来的时代，各人的复杂性也就不言而喻。但是至少在一个方面，他们的思想显示了共同性：他们都要探索什么是西班牙民族身份，他们都从本国的卡斯蒂利亚高原风景里找西班牙灵魂，他们最后大都或早或迟地成了保守派。

“九八年代”作家们关于西班牙民族生活的历史哲学体现在乌纳穆诺发明的“内历史”（intrahistoria）这一术语里。什么是内历史呢？乌纳穆诺打了个比方，凡是没有登上报刊的日常生活中的流水账就是内历史，是真正的历史。真正的历史也不是帝王将相丰功伟绩。这一理论在阿索林的创作实践中有最为恰当的体现，那就是对一切渺小的人和事的不倦描写。小哲理，小城镇，小人物，小篇幅的文章，小品，小东西，小细节，只有这些小的品质才具有本真性。哲学家奥尔特加·伊·加塞特准确地把阿索林的文学归结为平凡之美，说他能以小见大。而美国学者英曼·福克斯则认为阿索林面包是面包、水是水的状物姿态体现了艺术家对世界的一种崭新观照，也正是他与众不同的天才之所在。福克斯举《小哲自白》的引子《我在哪里写这本书》一文中对一座乡下别墅的细描为例，说明阿索林赋予笔下的客观事物以某种自主性，暗合现象学的还原方法。福克斯进而认为这种“回到事物”的精神，这种对具体事物的关怀，是对欧洲文化中理性主义和唯心主义危机的一种补救。

寄托了西班牙民族精神的卡斯蒂利亚的风景描写主要见于阿索林的小说散文、乌纳穆诺的游记以及马查多的诗篇之中。卡斯蒂利亚高原单调雄阔的自然景观以及高原上小镇的风土人情纵贯阿索林的全部创作，可以说是构成阿索林文风的另一个常数。阿索林描写风景的文学技巧和十九世纪的现实主义作家是有区别的。“后者的风景往往是静态的，而阿索林受印象派影响，有意识捕捉光线变化，有本事写出分层次的风景过程”（里卡尔多·塞纳布雷论文观点）。听说西班牙东部地中海地区的人敏于视觉，而阿索林兼有画家的眼睛和学者的心灵。他的文字中占主导的是视觉元素。[1]无论小说还是散文，他最好的文章都由一小段一小段的短章构成，内容也描写多于叙述，读来仿佛一幅幅画形成的画册。

“九八年代”作家在早期都倡导欧化，以为欧化就是文明进步，就是现代化。[2]不过到了后来，乌纳穆诺却反过来讲要把欧洲“伊比利亚化。”他们身逢欧美社会从气氛乐观的所谓美好年代而坠入一战这么个历史时期，对欧洲文明的深刻危机，从处于文明边缘地带的西班牙是看得很清楚的。乌纳穆诺甚至说出“让他们去发明好了”这样引起争议的话。他的意思是发达国家的技术进步、物质繁荣换来的是精神堕落，而他要以堂吉诃德精神拯救欧洲文化。阿索林比较低调，他倒是主张西班牙要和欧洲保留一丝微妙的纽带。即便如此，本套书所选的《堂胡安》和《西班牙一小时》这两部作品里可以比较明显看到他对欧洲的新教文明和西班牙天主教文明的态度。这两部作品都作于二十世纪二十年代，也就是两次世界大战之间天下大乱的那段时间，可以被解读为作者对当时欧洲文明危机的一种解答。

阿索林的生平

阿索林本名何塞·马丁内斯·鲁易斯（1873—1967），生于小城

① 视觉艺术对阿索林和巴罗哈的创作有重要意义。他们在二十世纪初专程到古都托莱多寻访十七世纪西班牙画家格列柯的作品，把格列柯的作品奉为卡斯蒂利亚灵魂风景的代表，而且分别写了若干关于格列柯的画评。他们的努力为后者在二十世纪取得艺术史上的崇高地位做出了贡献。托莱多之旅在巴罗哈的小说《完美之路》里是重要的故事情节。阿索林的第一部长篇《病人日记》的献词是“献给多美尼科斯·特奥托科波洛斯”（格列柯的希腊语原名）。

② 阿索林、巴罗哈和马埃思杜组成一个三人小组，办了一个同人杂志《青年》，在其中发表《三人宣言》，并以杂志为阵地，联名发表文章，鼓吹以欧洲为榜样改良西班牙社会。可是三人小组和他们的杂志持续时间都不长，而且他们的改良主张收效甚微。他们失望之余也散伙了事，不再联名发表主张。阿索林从激进的无政府主义迅速演变成保守派，马埃思杜则由社会主义变为一种极右的泛西班牙民族主义，而巴罗哈则保持一种不妥协不合作的个人主义独立立场。

莫诺瓦。莫诺瓦在阿里坎特省，阿里坎特省在今天巴伦西亚自治区的南部。这里是西班牙东部地中海地区，文化渊源上有古希腊和阿拉伯的影响。阿索林来自富裕的资产阶级家庭，是家里九个孩子中的老大。父亲是律师，当地的保守派政客，曾经担任莫诺瓦市长；母亲家族拥有土地。阿索林从小被送到耶克拉的一个教会学校寄宿读书。耶克拉是他父亲的出生地，在阿里坎特南边的木尔西亚省的最北端，大致上在莫诺瓦的西北方向，处于地中海海滨地区到卡斯蒂利亚高原的过渡地带。本书第一部分《小哲自白》里对耶克拉这个小城多有描写。

中学毕业后阿索林在大学里研习法律，但是他的兴趣和才华在于文学，他的梦想是到马德里当新闻记者，成为一名文学家。阿索林为人沉静温和低调。乌纳穆诺话多，他无语；巴列－因克兰姿态夸张如演戏，他简简单单，一如自己文风。阿索林的人生经历也比较简单，如同他低调的性格，总的来说，没有什么故事可讲。他来到马德里，经过奋斗成了著名作家，后来当过若干年议员，也在政府部门当过官，但一生中的主要职业是当记者，靠为报刊写作为生。三十五岁上结了婚，无子，与妻子白头偕老。除了内战时流亡法国的若干年，他一直住在马德里，活了将近一百岁。

但是阿索林的思想和政治态度的转变轨迹却颇为引人注目。阿索林年轻时受当时风靡的叔本华和尼采思潮影响，喜欢自称虚无主义者。一开始他是政治上的激进左派，是亲手翻译过克鲁泡特金的无政府主义者，但是他很快就突然右转，变成保守派，后来是共和派，最后是保皇党。他一生的政治立场经过了几次大的反复。普里莫·德里维拉将军主政时期（1923—1930），阿索林认同他的独裁；等到西班牙成了共和国（1931），他又宣称赞同共和派。内战结束佛朗哥上台后，从法国归来的阿索林自称民族主义者，从此成为战后西班牙知识界保守派的殿军。阿索林政治立场的转变损害了他的读者市场和文学影响力，虽有哲学家胡里安·马里亚斯等人提倡阅读阿索林，或者有小说家略萨赞扬阿索林的优点（略萨成为西班牙皇家语言学院院士时宣读了研究阿索林的论文），西班牙国内一般读者不读阿索林的作品这种情况至今并无多大改变，学校教材只会选读他最有名的几篇小品。

据西班牙学者佩雷斯·洛佩斯的研究，从1898年春到1899年秋冬，阿索林经历了一场深刻的精神危机，类似于1897年乌纳穆诺的经历。在后者是宗教信仰的丧失，在前者是对自己的思想和激进政治立场的怀疑。众所周知，乌纳穆诺不甘心上帝已死，而且把怀疑或者说将信将疑及其带来的痛苦挣扎当成了思想和写作的基本题目。阿索林据这位学者的理解则是滑向了虚无主义。思想的虚无加上日常生活中的实用态度。这种实用态度的达成得益于西班牙式的禁欲主义、叔本华式的逆来顺受、蒙田式的怀疑主义之间的平衡。阿索林在经历了精神危机若干年后出版的小说《安东尼奥·阿索林》里有一段话应该可以用来解释他的世纪末大转变以及后来在政治立场上的反复："可是红色思想或者白色思想有什么要紧呢？重要的是它们都是灵魂的优美运动，重要的是自发性、重义轻利、宽容、慷慨的冲动、抒情的冲动。""九八年代"政治立场普遍右倾的现象发生在各人身上其实不过有时间先后的差异而已。无论阿索林的突变还是其他成员的演变，"放在世纪之交的精神危机这个大的历史情景里，我们可以看到，表面矛盾之下是基于对时代精神的忠实而来的内在统一……世纪末的危机习惯性地被解释为资产阶级意识和工业文明的第一次大危机"（佩雷斯·洛佩斯）。

阿索林的主要作品

阿索林笔耕勤勉而且写作时间跨度长达七十多年，称得上著述宏富。据福克斯的《阿索林全集导引》一书，阿索林一辈子写了5500篇文章，成书出版的有3000篇，还有2500篇仍然散见于报刊而未经收集。截至作者去世的1967年，阿索林的书，只算单行本不算全集，据福克斯的罗列是130多本。下面我们只做选择性介绍。

长篇小说创作分四个时期，共十六部。第一时期有《病人日记》（1901）、《意志》（1902）、《安东尼奥·阿索林》（1903）、《小哲自白》（1904）四部，其中后三部是带自传色彩的三部曲，也是阿索林的成名作。第二时期是《堂胡安》（1922）和《堂娜伊内斯》（1925）两部，它们的标题人物都来自19世纪唐璜剧《堂胡安·特诺里奥》，小说情节与原剧关联不大，可以说是唐璜故事演义。《玻璃学士》（1915，后改名为《托马斯·鲁埃达》）的副标题是"小说练习"，形式上是对塞万提斯同名小说的演义，也可以算在第二时期。在第三时期的长篇创作中，作者尝试先锋派实验，运用了立体主义和超现实主义技巧，作品有《菲利克斯·巴尔加斯：性情描写》（1928）、《超级现实主义：前小说》（1929）、《民众：劳动受苦者的小说》（1930）三部。第四时期是内战后三年时间内创作的六部长篇：《作家》（1942）、《病人》（1943）、《任性》（1943）、《没有曙光的海岛》（1944）、《玛利亚·丰丹》（1944）、《萨尔瓦多拉·奥尔贝纳》（1944）。关于这最后一个时期的长篇小说，学者洛萨诺·马尔科说："这些小说是作者对一生创作经验的提炼，它们重新运用下列基本叙述元素：自传体手法、实验化、诗化创意、文艺美学的反思。"另外，学术界注意到阿索林第三、第四阶段的长篇小说和以罗伯特－格里耶、克劳德·西蒙等人为代表的法国新小说流派相似，可以说是后者的先驱。他们的共同之处是节奏缓慢，语言讲究，只有描写而没有情节。

短篇小说。阿索林自己结集出版的共有八本，其中突出的是《蓝白集》（1929）。此书有英文全译版，中国诗人卞之琳也翻译过若干篇。阿索林自称一辈子写了几百个短篇小说，不过这涉及对短篇小说的定义，此处不论。

作为剧作家的阿索林共有十部戏在他名下。“九八年代”的天才戏剧家是巴列－因克兰。乌纳穆诺和阿索林等人写的戏剧都不算成功。阿索林的剧本受梅特林克和里尔克影响，运用来自欧洲的表现主义和超现实主义手法，尝试革新西班牙舞台。《无形》（1928）和《安赫丽塔》（1930）因成功营造神秘气氛而为评论界首肯。

阿索林最具代表性的作品是他的散文随笔，众多的集子中有《城镇：外省生活随笔》（1905）、《堂吉诃德之路》（1905）、《西班牙：人物与风景》（1909）、《卡斯蒂利亚》（1912）四部，被称为四部曲。它们在文学史上有牢固的经典地位。此类著作重要的还有《卡斯蒂利亚灵魂》（1900）、《一个小镇：阿维拉的寒江镇》（1916）、《西班牙人眼中的西班牙风景》[①]（1917）、《西班牙一小时（1560—1590）》（1924）、《遥远的回忆》（1946）等。

阿索林大量的散文随笔里另有一类重要文章，即他的文学评论。与上述随笔四部曲大致同时结集问世的是阿索林的文学评论四部曲《西班牙文学品读》（1912）、《经典作家与现代作家》（1913）、《文学价值》（1914）、《经典作家眉批》（1915）。阿索林年轻时的理想是成为一个文学批评家，他有“学者和考古学家气质”（奥尔特加语）。除了上述四本，还有好多评论集或者间杂文学评论的册子。阿索林主要评论他精通的西班牙文学和法国文学。阿索林的文学评论也是印象式的随笔，而不是严谨的分析或考据。他追求的是引导读者进入古典文本，感其氛，入其境，得其意，体其神。奥尔特加指出，阿索林不是历史的思想者，而是历史的敏感者。他的评论方法再加上文笔的优美

① 这本书作为代表作出现在略萨编辑的《阿索林选集》里。全书分别描写了西班牙十四个地方的自然和人文风景，与音乐家伊萨克·阿尔贝尼斯的《西班牙组曲》和《伊比利亚》遥相呼应，为每个城市每个地区献上一首颂歌，“给每一条河每一座山取一个温暖的名字”。

使得他的许多批评文章本身就是极好的美文。阿索林还创造了一种独特的书评体短篇小说，也就是说，作家从被评论的书籍出发，编一个故事来说明该书的主旨，最后写上一两段话交代被评书籍的基本信息。这类文章在阿索林全集里有很多。本书《一个小镇：阿维拉的寒江镇》的作文方法类似这种书评。

本书所选的阿索林作品

阿索林的成名作是带自传色彩的小说三部曲。《意志》探讨西班牙的社会现状和时代危机，是典型的“九八年代”小说。小说讲主人公阿索林（从 1905 年开始，阿索林成了作家的笔名）的学习、游历和对现实的观察，基本形式是对话和哲学讨论，表现受过教育而敏感多思的年轻知识分子无力采取行动改造社会的困境。书中语调悲观，题目也可见叔本华的影响。此书在当时文坛反响很大，同年还有巴列－因克兰、乌纳穆诺、巴罗哈等人的重要小说出版，所以 1902 年又被称为西班牙文学的奇迹之年。第二部《安东尼奥·阿索林》进一步讲述主人公在各地的游历，揭示西班牙社会无论首都还是外省都悲观颓唐，死气沉沉。小说中的人物虽然名字还是阿索林，但是他已经摆脱《意志》中的虚无情绪，学会了一种蒙田式的和蔼可亲的怀疑主义，重视具体的人际交往，对思想和辩论不再有兴趣，对现实中的一切都坦然接受，对世界采取一种嘲讽的姿态。[①]选入这个中译本的《小哲自白》在顺序上是三部曲的最后一部，讲述的却是小说人物阿索林的早年生活。这部书被视为三部曲之一纯粹是因为它和前面两部有着同一名字的小说人物。《小哲自白》在精神风貌上达到了某种宁静和

① 小说里有这样一个情节：我遇到一个保守而幼稚的乡下神父，此人在我面前大肆攻击伏尔泰，但是我不但没有起而反驳他，反而觉得这个神父可爱。

达观。它的突出主题是存在的忧郁、时间和死亡经验、面对生命短暂死亡难免这一人类的普遍处境而采取的独特的“小哲”姿态。小说描写的是人类的普遍经验，似已无涉意识形态纷争。《小哲自白》堪称一篇抒情小说，有不少章节是优美的散文诗。它的作文方法是印象式笔调和片段串联式结构。《小哲自白》不但在当时是一种创新的文体，而且它历久弥新，经受住了时间的考验，值得一读。当代文学中也有类似的抒情体小说。譬如说，美国拉丁裔女作家桑德拉·西斯内罗斯的《芒果街上的房子》在语言的抒情质地、片段化章节上和阿索林的小说就有几分相似。

《堂胡安》是阿索林长篇小说创作第二阶段的作品。唐璜故事源自西班牙黄金世纪的戏剧舞台，在欧洲的文学艺术里繁衍了多得不计其数的变种。重写过唐璜故事的作家，著名者古代有莫里哀，稍近的有普希金、拜伦、索里利亚、萧伯纳等人。大名鼎鼎的莫扎特歌剧《堂乔万尼》也是一种。唐璜故事的变种在西班牙和法国文学里尤其多。“九八年代”作家中就有好几位对它发生兴趣，乌纳穆诺的剧本《胡安兄弟》，巴列－因克兰的小说《四季奏鸣曲》都是唐璜故事。早期的故事中采花大盗唐璜一般被罚入地狱，浪漫主义文学里的唐璜反而成了英雄人物。英雄唐璜蔑视世俗道德，屡屡冒犯社会规范，而且其超越意义也在于对征服世上所有女人这么一种绝对性的追求，于是乎他像哈姆雷特、堂吉诃德、浮士德、鲁滨孙等文学典型那样被解读成了西方个人主义的一个神话。譬如说，在西班牙浪漫主义诗人何塞·索里利亚的诗剧《堂胡安·特诺里奥》里，因为唐璜对堂娜伊内斯怀有纯洁爱情而获得拯救，死后没有入地狱。阿索林的唐璜在构思上正好是浪漫英雄的反面，他是内历史意义上的一个普通人，生活在一个典型的阿索林式的处于内历史中的西班牙外省小城，扬弃个人主义而融入社会成为集体的一员，并通过这种集体主义生活而改邪归正。

理解这本书需要注意两点。第一点，熟悉唐璜故事的读者可能会觉得唐突，一个采花大盗怎么被写成了一个洗心革面的好人了呢？其实把唐璜故事改得面目全非的并非阿索林一人。巴列－因克兰小说里的唐璜也没有死于石头客之手等原剧情节，他活到老年，是一个“丑陋、信奉天主教、多愁善感的”唯美而颓废的老色鬼。乌纳穆诺的《胡安兄弟》剧本里的唐璜也活到了晚年，因为苦恼于死亡之不可避免（乌纳穆诺的典型主题），也内疚自己一生糟蹋许多女人，一无是处，他竟然入了修道院，还替别人穿针引线当起了媒人！后来者对唐璜原型的重写多是诸如此类的演义，不过借来表达自己的想法和意图而已。在两性关系上，阿索林颠覆传统情节，昔日的采花大盗成了故事里女性人物的诱惑对象。在人际关系上，阿索林的唐璜行善不留名，慈悲为怀，泛爱一切众生。[①]阿索林对唐璜形象的解神话化有明显的伦理意向。阿索林的唐璜更像个来自中世纪的虔诚的教徒，甚至像个圣徒。这种写法暗合当时在西班牙流行的克劳斯主义思想。简单说来，克劳斯主义的宗旨是人可以自我改造，进德完善，类似中国儒家思想。

第二点需要注意的是阅读理解这部小说时可能遇到的困难。阿索林在叙述中更多使用了暗示手法，文中有许多留白，需要读者积极参与去填补。小说的大意也许看看序和跋建立起来的叙述框架就可以了，正如阿索林借拉辛的话说的，他的创意是“无中生有。”但是本书章节与章节之间往往显得相互无关，也没有什么情节发展，不知道

① 有学者解释阿索林的《堂胡安》和《堂娜伊内斯》里主人公的博爱精神，找到了深刻影响青年阿索林的叔本华《作为意志与表象的世界》里的一段话来加以说明：“一切真正而纯粹的爱是慈善，而一切非慈善的爱是自私。个人之爱是情色之爱（eros）；慈善是无私博爱（ágape）。……纯粹的爱（ágape，cáritas）本质上是慈善。”

作者为什么要这么写。其实小说的结构安排大致上还算有迹可循：首先它介绍主要人物，唐璜安全度过荒唐的青春岁月，因圣母的奇迹而没有死去，他成了一个普通人。接着，小说逐一介绍内历史意义上的西班牙小城和重新融入社会的唐璜身边的各色人等。最后一部分大致上是若干女性人物和唐璜的互动。第三十九章正文中有中国读者不熟悉的很多引文，我们尽量加注说明这些引文的历史文化来历。当然，文中隐含的众多典故甚至包括人物名字到底如何体现作者的匠心，这点还需要读者们自己体会。

按时间顺序，继小说三部曲之后在文学史上取得经典地位的《城镇：外省生活随笔》等随笔四部曲在阿索林的作品中名气最大，流传最广，被翻译最多。本套书的《阿索林短篇小说选》放在两部长篇之后。除了《音乐》《小药剂师》《西班牙人口普查》等三篇外，《阿索林短篇小说选》其余文章都来自这个四部曲。这些故事的主题是时间、死亡、小镇生活、传统手工业、旧风俗、乐天安命哲学，等等。读者很容易注意到，无论长篇还是短篇，阿索林运用的都是随笔手法，而且同样的主题也总是反复出现在不同的文章里。和随笔四部曲中其他未选的文章相比，《阿索林短篇小说选》只是故事性相对更强。

我们选入的《一个小镇：阿维拉的寒江镇》（以下简称《寒江镇》），这本书也包含阿索林的所有话题：淘书藏书、小镇、卡斯蒂利亚风景、西班牙古典文学、文学风格理论、城乡生活的异同优劣、西班牙民族特性、时间与永恒的主题……它是典型的阿索林式作品，读者一眼便能辨认其风格，绝不会与别的作家作品混淆。《寒江镇》一书的缘起是另一本书，形式上是一篇夹叙夹议的书评。文中涉及的书是作者在马德里的书市上淘到的一本十八世纪的无名作者的书。这位无名作者在西班牙最精英的高等学府受教育后却被派遣到一个偏僻的山沟沟里当了神父。命运弄人，面对理想和现实的落差，神父貌似安于小镇之小，平凡生活之小，与当地的农人牧人打成一片。然而这位神父最后却“天机泄露”，在书中喊出愤愤不平的心声，被细心的读者阿索林逮个正着。此书获得哲学家奥尔特加的青睐，并促使他写出评论阿索林的著名论文《平凡之美》。奥尔特加认为此书相当于阿索林的精神自传，因为阿索林在这位无名神父身上看到的是一位乡村小哲，而且显然是把他认作了自己的同道先驱。也有人把它视为作家最出色的一部文艺理论著作，因为书中讲了很多风格、阅读、读书与人生等方面的话。《寒江镇》也被不少人认为是一本十八世纪小说。他们错以为寒江镇的小蒙田只是阿索林的虚构。我们在学习翻译的过程中找到了网络上的十八世纪原书，而且发现《寒江镇》将近一半的篇幅直接抄了原书。这么看来，说它是一本十八世纪的书也不全错。继续调查我们也发现当代学者已经开始研究这位十八世纪的无名作者，有人写了博士论文。阿索林对这位无名作者的发现看来已经是西班牙文学史上的一个重要事件。那么《寒江镇》到底是自传、小说、书评、抒情散文，还是别的什么呢？冲破文类束缚，造出混杂文体本来正是“九八年代”作家在形式革新方面的可贵探索。

《西班牙一小时（1560—1590）》是阿索林 1924 年当选西班牙皇家语言学院院士时的演讲稿。与一般当选院士宣读论文不同，阿索林读的是分成几十章的一部散文集。[①]副标题说明这本书讲的是从 1560 年到 1590 年的西班牙民族生活，它的旨趣或许可以和早期的《卡斯蒂利亚灵魂》一书相比。几十篇短文犹如几十幅历史的横截面，合起来构成一个历史画册，达到包罗万象地呈现一个时期总体风貌的效果。本文描写的这个时期，菲利佩二世在位，西班牙帝国处于鼎盛，但是国势也开始由盛转衰。两大历史事件可以帮助我们理解阿索林笔下的西

① 另外一个与众不同的例子是《堂胡安·特诺里奥》作者，诗人何塞·索里利亚。他当选院士时的发言稿是一首长诗。

班牙：1571年，以西班牙为首的基督教联军在地中海打败奥斯曼土耳其帝国海军；1588年，英国打败西班牙无敌舰队。本文还是采用印象式的抒情笔法，无论处理军政大事还是勾勒诸如民族戏剧或者海外传教运动的发展过程，作者都是从小处入手，努力以细节之一斑见历史现实之全豹。需要做评判时也更多通过暗示而不是直陈观点。公开为西班牙和天主教辩护的《心灵的祖国》《荣耀》《著名的衰落》等少数几篇除外。前面已经提及，小说《堂胡安》和《堂娜伊内斯》里倾注着作者对伦理维度的关注，具体说来，就是宣扬一种基于天主教文化价值观的博爱（慈善）。在这一点上，《西班牙一小时》和它们可以互相发明。它是一部“九八年代”的作品，一部有立场有倾向的作品。以伦理代宗教的思路同样也是理解譬如乌纳穆诺的《殉道者圣曼努埃尔》（1930）的关键。这些作品写于两次大战之间，也是斯宾格勒的《西方的衰落》风靡之时。自然也有人不同意阿索林和乌纳穆诺关于新教和天主教、欧洲和西班牙的立场和观点。写过阿索林传记的何塞·玛利亚·巴尔维德就只是部分承认《西班牙一小时》的价值。他认为若干章节是美文。抛开阿索林的观点不论，《西班牙一小时》对我们的启发应该是在文学技巧和策略上的。就单篇来讲，阿索林的小品文有他所自诩的“页页珠玑”（calidad de página），而合起来呢，也能勾勒出一个时代的整体。阿索林的本事就是小品文在他手里可以写出小说，也可以写出社会文化史。

阿索林的中国缘

最后我们提一下阿索林作品在中国的传播和影响。阿索林有特殊的中国缘，他在二十世纪三十年代获得中国作家和读者的喜爱，也对中国现当代文学产生了一定影响。这在阿索林作品的传播史上是一段独特的佳话。受他影响的中国作家主要是汉园三诗人卞之琳、何其芳、李广田，还有师陀以及稍后的汪曾祺等人。这些人都是中国现当代文学史上所谓的京派作家。

阿索林作品的中文版最早是戴望舒和徐霞村合译的《塞万提斯的未婚妻》(1930)，接着是卞之琳的《阿左林小集》(1943)，第三本是我们的老师徐曾惠和樊瑞华两位合译的《卡斯蒂利亚的花园》(1988)。戴、徐合译本以《西班牙小景》(1982)之名重版，他们的书选自《城镇》《西班牙：人物和风景》《卡斯蒂利亚》，共二十六篇。卞译本主要来自《小哲自白》《堂胡安》《蓝白集》等书，共二十七篇。徐、樊合译本选文最多，包括了《城镇》《西班牙：人物和风景》《卡斯蒂利亚》这三本书的大部分文章，共五十一篇；其中被认为阿索林随笔最高境界的《卡斯蒂利亚》在这个版本中是全译。

大致说来，阿索林和京派作家气味相投，共同关注乡土，关注现代化过程中正迅速消失或剧变的村镇社会的风土人情，感叹时间的变迁，缅怀"梦里故乡"(周作人语)。这是文学影响能发生的历史文化基础。汉园诗人之所以接触并喜欢阿索林，在具体缘起上大概和他们的老师周作人对这位西班牙人的推崇有关。周作人在看过《塞万提斯的未婚妻》之后写道："……(阿索林)的文章的确好而且特别，读他描写西班牙的小品，真令人对于那些古城小市不能不感到一种牵引了。……不知怎地觉得伊伯利亚半岛的东西杂糅的破落户的古国很有点做是梦里的故乡……"

汉园三诗人中的何其芳和李广田的气质不同于阿索林，后者对他们的启发或影响应该说只是局限在某些题材的发掘上。何其芳的成名作《画梦录》是一本风格不统一的书，呈现出的外国作家影响也是多样的，阿索林只是一端。书中的《哀歌》与阿索林一篇文章同名，主题也一样是讲年轻女子的死亡，而且作者在文中直接提到了西班牙，甚至阿索林的名字。另一篇很像阿索林的文章是《货郎》。《货郎》和阿索林的《收面包的人》《修伞人》《卖皮糖的人》(均见本书)等文章类似，写的都是行将或者已经消失的旧行业，传达人类对旧日时光的怀旧情结。在另一篇文章《弦》里作者梦回故乡，见到多年前为自己算过命的算命先生，后者却什么都不记得了。它和阿索林作品的主题和意境都吻合：人生短暂，昔日不再，命若琴弦，令人忧郁。何其芳后来的散文集《还乡杂记》里有一篇《老人》，布局暗合阿索林惯常使用的反映循环论即尼采式永恒回归思想的手法，可以参照本书的《夜笛》和《关闭的房屋》等篇来读。作者回忆儿时几位老人，有老仆人、看寨人、老祖父、武秀才等人，最后作者在幻想中也看到了自己变成老人的样子。李广田的早期散文中有《画廊》《野店》《老渡船》《上马石》等篇章或许可以说多少受了阿索林的启发。前两篇似阿索林式的风俗画；《老渡船》写一个卑微的小人物逆来顺受的生活，颇有被周作人赞不绝口的阿索林名文《一个小农的生活》的影子，似乎是有意模仿；《上马石》写一群含饴弄孙的乡下老人如何泰然面对死不可免的自然规律而随意谈论死亡，无论主题还是文中营造的气氛都不能不说与阿索林作品有几分相似。总之，因为文坛前辈周作人的推崇，也因为他们的文友卞之琳本人就翻译阿索林作品，后者对何其芳和李广田的影响并非空穴来风。《汉园集》里何其芳的诗中甚至有一首叫《于犹烈先生》，最后一行“于犹烈先生是古怪的”不由人不想起卞之琳翻译的一段文章《阿索林是古怪的》。

阿索林对卞之琳诗歌创作的影响，不但有中国诗人自己的话佐证，有他阅读并亲手翻译的实践，而且还有沈从文写给卞之琳的一首打油诗可以作为根据。诗不长，引在这里：两双手撑定了尖下巴儿，心里头转着圈子：(不是儿戏，不是儿戏)“我再活个十来年，或者我这时就应当死了？”说老实话生活有点儿倦，唉，钟，唉，风，唉，一切声音！（且关上这扇门，得一分静。）天气多好，我不要这好天气。我讨厌一切，真的，只除了阿左林。（沈从文《卞之琳浮雕》）但是散文家阿索林具体怎样影响了诗人卞之琳了呢？这却是个复杂的话题。首先，卞之琳的诗歌在当时就有人说看不懂。有不少诗貌似简单，但是因为它出乎一般读者的阅读期待（他似乎不写爱情诗），作者的意图却不能轻易确定。卞诗中采用了许多一般以为缺乏诗意的小而俗的意象，譬如说酸梅汤、账条、大鼓等。从《雕虫纪历》自序来看，卞之琳和阿索林气质感性相似，他喜欢表现“社会现实的皮毛，较多寄情于同归没落的社会下层平凡人、小人物……用尽了过去所谓‘不入诗’的事物”。他又说自己“小处敏感，大处茫然”。这些话也提醒我们，他和阿索林的种种类似不必是后者的影响。他只是在一个遥远国度的外国作家身上发现了与自己不谋而合的同道。惺惺相惜之时也受人家一点启发，这种可能性当然也不能排除。卞之琳冷峻克制描写的市井生活场景正属于乌纳穆诺和阿索林们的内历史的范畴。从这个角度去考察，《雕虫纪历》第一、第二辑里确实有不少诗篇可以说是阿索林式的。我们体会，阅读卞之琳诗歌时记住这一点对理解会有点帮助。

师陀的《果园城记》和阿索林的关系业已有人指出，但是师陀创造的这一座中国北方小城——果园城，它只是在有些方面像阿索林的外省小城，总体上并不是阿索林元素所能概括的。果园城里有悲愁苦难的各色人等，有阶级和性别压迫，有人心的卑劣险恶，有疯狂死亡，有窘迫沉沦，总之，它是一座虽然悲惨却也活生生的并带有时代烙印的小城，这与阿索林被静止地定格在过去并被理想化的，几乎是快乐而不食人间烟火的西班牙小城可以说很不同。阿索林对《果园城记》的影响具体在《说书人》《灯》《邮差先生》《一吻》等几篇中痕迹比较明显。前面三篇或多或少如风俗画，用随笔手法多于叙述。

《一吻》里纳入手工业、时间、城镇变迁、失明、车站、旅行等许多母题，不但成功讲述了一个故事，而且是一篇感染力极强的美文。《果园城记》还有一些散见的叙述元素，如第一篇里再三重复的对话“天晚了？”“晚了。”或者第七篇里老人种树，这些细节或许是从阿索林那里潜移默化而来。师陀的其他集子如《黄花苔》《江湖集》《看人集》等因为流传不广，似乎没有引起重视。最近我们得到一本《师陀散文选集》，发现它们里面有不少阿索林式的风俗画一类文章。最值得注意的是《秋》，它写貌似健康的人毫无征兆地猝死，故事全由对话构成，这使得它酷肖阿索林的《蒙田的理想》。

最后我们要说到汪曾祺和阿索林。汪曾祺表示外国作家他佩服契诃夫和阿索林两个。他明确表示自己是阿索林派的，“终身膜拜阿索林。”如果说卞之琳从阿索林那里印证了自己对民族生活内历史的冷抒情，那么汪曾祺或许是找到了文体上的知音。汪曾祺欣赏随笔式小说，主张打破小说和散文的界线，反对强设戏剧冲突性情节或者在谋篇布局方面的“惨淡经营”。他特别以阿索林《塞万提斯的新娘》一文为例加以说明。汪先生文集里写作心得之类的理论文章不少，反复论及文体问题，这也和阿索林相似。他们的小说写法在自己国家都算是另类，这应该是他们文体意识的起因吧。具体考察汪曾祺的创作，他确实写了许多发生在家乡小县城的市井故事，乍一看，那不就是阿索林吗？因为他写的就是风土人情，三教九流的各行各业，讲故事也多从回忆怀旧的角度。但是稍一深入我们就会发现，虽则汪曾祺和阿索林都用随笔写所谓的抒情小说，都把目光投向一些市井小人物，都写了引车卖浆者流，他们还是有一些重要区别。首先，阿索林在气质上带有古典式的宁静或忧郁，而汪曾祺的世界却多半是快乐的。还有，阿索林试图写出生活的平凡和人事的普遍性、重复性，而汪曾祺笔下的人物大多是有特色有个性有看头的，是“市井之中的非常之人”

(《异秉》)。他们无论是赶一群鸭子(《鸡鸭名家》),还是在高邮县城开各种店铺,人人都是身怀绝技的高手。最后,我们注意到,虽然阿索林乐此不疲地写铁匠铺、金匠铺、皮革厂,等等,那些段落的描写细节和技术词汇含量其实是有限的。而汪曾祺对手艺人工作场景之熟悉,描写之细致,随便看看譬如说《戴车匠》里的车匠或者《大淖记事》里的锡匠即可。熟悉汪曾祺作品的人都知道,这类描写实在太多太多,他的书简直可以说是中国传统手工技术和烹饪之道在文学上的《天工开物》。我们便不由得赞叹,汪曾祺先生真是三百六十行无所不通啊!阿索林不同。阿索林的方法是见市井现实之共相之林。汪曾祺却能潜入林中并一一专注于殊相之木。阿索林早早就表达过一种格物致知的渴望:“我的苦恼一直是——现在还是——自己缺一颗千变万化而且无处不在的心灵,能让我去经历许许多多平凡而不为人知的生活。也就是说,钻进这个生意萧条的小店店员的灵魂里去做一回买卖;钻进那个办公室小职员的灵魂里去整整抄它一天文件,晚上和老婆一道去朋友家聊一些无关紧要的鸡毛蒜皮;当一回杂耍走南闯北;当一回我们在车站或咖啡馆里交谈过两句的无关痛痒的小人物。”(《小哲自白》三十八)。阿索林的这一愿望,虽远隔时空却能与之神交契合并“终身膜拜”他的中国人汪曾祺帮他实现了。

一个小镇：阿维拉的寒江镇

一、在秋天……

马德里的书市在秋天举办。在秋天……火热的夏天过去了，留下一片略显淡净的蓝天和一股怡人的清气。无花果开始泛黄。在小镇上，在平原和山区，在宽敞的农家房间里，丰收的水果一串串、一把把挂在长杆上，放在柔软的草垫里。空气中难道没有夏天所缺少的一种声响、一种澄明吗？马德里秋天的旧书使人联想到植物园的百年老柏和拉曼查平原灿烂而无限的景观。我们经过植物园朝下街头一路走来，前往书市去淘书。我们观赏建于步行道中途的美丽喷泉。泉水洒作一绺绺流苏落到大水盘里；身姿柔美的喷泉仿佛漫不经心地落下来；落下来，如我们生命中的一个个日子。如同我们，一路走来寻觅旧书的别样的行人将会在别样的时代见此泉水洒落。在我们之前，别样的人们也已经目睹这同一道泉水洒落，他们的热望，他们的痛苦，他们的欢乐已经化解于遥远的时空。

***

忧郁的秋日，本质上忧郁的日子。巍巍乎高哉的卡斯蒂利亚台地上宜人、深邃、和美的日子。瓜达拉马山脉和格雷多斯山脉的日子。卡斯蒂利亚风景的含义与经典作品的深刻含义合二为一的日子。为什么在秋天我们能更好地感觉塞万提斯、《小癞子》的作者、《拉皮条的女人》的作者呢？我们在《小癞子》里读道：“我们来到一个叫阿尔莫罗斯的地方，正好碰上收获葡萄的时节，一个收摘的人给了他一串葡萄……”葡萄压榨机散发出一股强烈的葡萄汁的酸味，最后几串金色或黑色的葡萄还挂在藤上。文学经典里的话语在我们心中历历唤起卡斯蒂利亚的亲切形象。冬天和春天我们埋头书本，奔走议会。夏日里我们努力忘掉一年来的辛劳，把西班牙的环境和风光留在身后；我们在法国的书店里猎奇；我们在不属于我们的城市中忘掉自我，信步漫游；我们的书桌上堆满了外国的报刊书籍。西班牙在哪里？卡斯蒂利亚在哪里？不就在远处那高入云天的地方吗？不就在那越过峥嵘险峻的大山①，远离柔美浪漫的风景和蓝色海洋的地方吗？只有在秋天，经过了这样的精神流浪，让我们的精神经过了这种孩子般的节庆之后，只有在秋天，在回到卡斯蒂利亚高原的时候，《拉皮条的女人》或者《小癞子》的章句才能使我们深刻地、痛苦地和卡斯蒂利亚的风景、氛围和艺术浑然一体，彼此心契神合。我们的眼中依然暂留着欧洲的形象。这些十六世纪的文学经典，我们一点点品读，而且读了一遍又一遍，我们多么希望在阅读中感觉到自己和城市及其古老的风景合而为一。几乎已至生命迟暮、疲于工作的我们，多么希望能在这些古老的城镇里得到休憩。托莱多、塞戈维亚、阿维拉、萨拉曼卡的小镇。一座舒适的大屋，一条僻静无声的小巷。屋后一大片树木成荫的菜园，只有园丁小心翼翼的剪刀才能探入其中的贴墙花床，花床里种着卫矛和桃金娘。

湖塘和喷泉池里飘浮着黄叶。啊，那蓝天之下高贵挺拔的黛色的百年古柏！悠悠钟声偶尔从遥远的大教堂传来，打破寂静，使这寂静更加突出……“疲惫者求之不得的地方。”诗人②说。在这孤独里，在这寂静里，在这心平气和、深居简出的氛围里，一丝微妙的纽带使我们和欧洲相连。每天的同一时间都有满满一个包裹放到我们的工作桌上，里头是信札、报纸、图书、杂志。书和杂志散发着新油墨的清香。卡斯蒂利亚和欧洲；巴斯克地区和欧洲；加泰罗尼亚和欧洲……

---

① 指西班牙和法国边境的比利牛斯山。

② 指中世纪西班牙诗人贡萨洛·德·贝尔塞奥，诗句出自他的名著《圣母奇迹录》的序诗。

***

我们沿着植物园朝下街头走去，去寻找书市。有好几年书市就设在这座名园后面，背靠着那排长长的铁栅栏；有时候它又设在经济发展部对面，面朝拉曼查平原。植物园里郁郁葱葱的沙朴树林中偶尔可见一株黛色参天的苍劲老柏；脚下平原远处，突兀于眼前的是一座小山和山头上的一座庙宇。书市由十五到二十个大木棚组成。一切无聊乏味、暗淡无光、平庸无奇的无用之书都在这里了。出版问世的荒唐书籍的数目大得惊人。

旧书成堆成排、杂乱无章地放在木板上，任我们检视淘选。所有这些不足为奇的图书至少代表了某个人生命中的某个时刻。我们现在觉得无足轻重的东西，曾经在某一个时刻砥砺了一个人的精神。对于翻动过这本可怜小书的双手，我们知道些什么呢？当身处孤独寂寞的乡村，手边没有心爱的读物，而又对阅读感到如饥似渴的时候，我们自己不是也会通过阅读这本无聊乏味的书而得到乐趣吗？某种程度上，很大程度上，书就是我们的思想本身。书市上的许多书应该对我们是有用的。在字体模糊不清的毛边纸上，我们或许会见识到某位无名之辈烙下的一个简单而自然的想法。有那么一天，此人不知不觉地开始动笔写作。在卡斯蒂利亚的小镇，在别的地方，都有过这样的人。有一天他们动笔著书，却没人知道他们做过文章。在他们的书里，思想可能以做作而迷宫似的形式表达出来——伟大作家的端倪——但是也可能简单明了，简洁如一道山泉。一个秋天的清晨，访奇猎异的我们就在书市上找到了这样的一本书。

***

一个阳光灿烂，令人心旷神怡的清晨。在秋天……瓜达拉马山脉的秋天，格雷多斯山脉的秋天，卡斯蒂利亚的小镇和大屋的秋天。静悄悄的花园中，芭蕉树和金合欢树的黄叶纷纷飘下。柏树总是岿然不动。四周有一种神奇的澄明。邮差刚刚在我们的工作桌上放下满满一包裹报刊书籍。

二、在山中

书

我们在书市上淘到的宝贝书题目如下：《爱国情操，或曰一位乡村神父，祖国的真正朋友，对他的教民有所启发的基督教谈话。谈话在冬夜的炉火边举行。会谈者有神父、医生、教堂司事、代诉人和卡恰罗大叔》。这部作品分上下两册，两册于同一年（1791）在马德里印刷。书的作者是堂哈辛托·贝哈拉诺·加拉维斯－尼多斯。在写于此书封面上的大名之后，贝哈拉诺接着写了以下一串职称：阿维拉主教辖区的阿雷瓦洛市的圣马丁教区神父、全西班牙大教堂受俸职位候选人、马德里圣伊西德罗大教堂受俸职位候选人、萨拉曼卡大学教授职位候选人、萨拉曼卡大学代课和助理教授。

远离尘世

读者可别让这些个职称给蒙住了，尽管琳琅满目，它们其实很是微不足道。我们不要想象作者在聚谈会上兜了一圈，或者在某家书店里逛了一圈以后，回到马德里或者萨拉曼卡的一间房中，坐在一把宽大的太师椅里写他的书。噢，不是的！马德里和萨拉曼卡的世界如今已是遥远往事；令人好奇的书店和叫人开心的聚谈会远去了；高高兴兴、无拘无束地闲逛，在同样闲逛或者有事匆忙的人群中闲逛的日子远去了，远去了。在写那本书的日子里，我们的作者已经沦落在阿维拉的一个小镇，那几乎就是一个村庄。小镇藏在一个山沟沟的深处，太阳勉强可以翻过高山把阳光轻轻扫过屋顶。这个小镇冷极了。“我从不为避暑担心，”我们的作者在上卷第五页写道，“而且，虽然我住在寒江，但是我有许多御寒的办法。”也就是说，这个小镇是世界上最冷的冰窟。接下去我们将会看到——那正是本书的目的——好神父贝哈拉诺如何一五一十、绘声绘色地描述阿维拉的寒江镇。

堂哈辛托·贝哈拉诺·加拉维斯－尼多斯是如何落魄地到这里的呢？封面上说，该书付梓之时，作者是与寒江镇同属阿维拉地界的阿雷瓦洛市圣马丁教区的神父。这么说来，贝哈拉诺·加拉维斯当时已经成功逃离了寒江镇。作者担任萨拉曼卡的代课教授，还有竞选马德里的圣伊西德罗大教堂的受俸职位，这些是在两地担任神父的间歇吗？读了他的书以后可以得出，他在马德里和萨拉曼卡逗留的时间都在他流落到阿维拉小镇之前。啊！世界多么遥远啊！啊，回忆多么令人欣慰，多么令人苦恼啊！令人欣慰同时令人苦恼的是记忆中的马德里和萨拉曼卡的聚谈会！书店和图书馆里猎奇而富有教益的东张西望！如今的堂哈辛托·贝哈拉诺远离那些心爱的城市，远离聚谈会——后面我们将看到，他是多么地热衷于此道——他被投进了阿维拉的一个山区小镇，入了牢笼，关了禁闭。他还能离开这里吗？他会采取什么立场呢？悲痛欲绝，徒劳地挥舞拳脚，又哭又闹？还是显出一种睿智而和美的听天由命，去面对严酷而不可挽回的命运的必然？

怎么办？如一位高人高高在上，对身边所有这些不得不每天打交道的本地粗人愚蠢地嗤之以鼻？还是明智地和他们磨合而适应，不从大老粗身上强求一个比维斯或者一个伊拉斯谟[①]，而是反过来好好诱导他们的长处，注重他们天生的明智而不苛责他们对三艺和四艺[②]的无知？

一个小蒙田

贝哈拉诺采取的是后一种立场。我们的作者是阿维拉寒江镇上的一位小蒙田。我们的作者博览群书，满腹经纶，求知欲强烈。他热爱一切新奇的思想，同时也喜欢轻松、愉快、风雅的清谈。他喜欢甜蜜、温柔、节制有度的生活，既不纵乐到令人侧目，也不自找麻烦、不适和酸苦。他没有顽固的偏见。“我从来没有固执到无视他人指正而不改的地步。”他写道。他关于文化和学识的理念和《随笔集》的作者如出一辙。蒙田更加热爱一种不逞文化、不显博雅、不引经据典地堆砌然而准确明了的理解力，而不是那种旁征博引却不能贯通，使人如坠五里云雾的学问。在关于雷蒙·塞邦的哲学思想的那个著名章节里，第二卷第十二章，蒙田写道：“我见识过上百个工匠，上百个种地人，他们比那些个大学校长还要明智而幸福，但愿我自己更像前者（J'ai veu en mon temps cent artisans, cent laboureurs, plus sages et plus heureux que des recteurs de l'université, et lesquells j'aimerois mieux ressembler）。”我们的贝哈拉诺·加拉维斯－尼多斯竟然也像蒙田一样宣称。他说：“学习赋予知识，提供概念，并使人藉此发为种种思辨宏论。没有前者，就永远做不到后者。这点毋庸置疑。”这点毋庸置疑，

---

① 比维斯（1492—1540）和伊拉斯谟（1466—1536）分别是西班牙和荷兰的人文主义学者。

② 三艺（trivio）包括语法、逻辑、修辞；四艺（cuadrivio）包括算术、几何、音乐、天文；这些合起来称为人文七艺。

但是……“书本不能给人理解力。”关于尽信书这一点，许多人都犯错误。自从寒江镇的神父贝哈拉诺写下这些至理名言至今，已经过去了许多年，他以及他之前的蒙田所试图匡正的谬误如今却反而变本加厉了。对书本的迷信现在大行其道。我们把文化和智力混为一谈。加拉维斯写道：“你可以说，人类的理解力和思辨力有高低之分乃是缘于灵魂的实质有差异。有些人就是这么认为的。你也可以说，差异仅仅依赖于人体器官的资质性情之不同，如同一般所认为的那样。不管用不用功，智力必定是一成不变的。学习不能改变气质之性，它不能做到这种改变，对于改变灵魂的实质它更是无能为力。”（恭请读者顺便注意，这话说得多漂亮啊！我们马上将要看到，我们的作者何以是一位典雅美妙的散文作家，卡斯蒂利亚语优秀的散文作家之一。）

不，书本知识的渊博不能给人智力，而智力是最吃紧的。“笨人永远是笨人，”我们的作者然后又说道，“让我们假设他饱读诗书，勤于交流，脑中牢记了如许知识和概念。永远不会有错的是，他从来不能综合得当，从来不能裁剪合理，从来不能鞭辟入里，从来不能理解清晰。正因如此，他将成为一个徒有其表的学者，非常适合于让下愚之人眼花缭乱。他也就是被人们叫作‘科学之井’的那种学者，而且如一位机智的作者所说，他的井里只有浑水。”与我们的作者共同生活在寒江镇的一位庄稼汉可能比一个博士，一个部长，或者一个学富五车、著作等身的作者更加聪明；哪怕胸无点墨，他也可能比另一个满肚子墨水的人能更加明确地观照事物。贝哈拉诺有时候也回忆起昔日对书店和图书馆的造访，如今他没有书店或图书馆可去，但是他并不难过。“作为萨拉曼卡大学的学生，我经常去图书馆，”他在著作第二卷里写道，“一天下午我又走进那气派非凡的大学图书馆，从书架上取下一本书来……”那些日子已经一去不返了。好人贝哈拉诺·加拉维斯常常想起那些令人愉快的片刻时光。但是他的精神通过一种有节制的顺命态度而变得温和，而且他克服了内心的思念。他生活在这里，宁静淡泊，安定自若。在这里，在这阿维拉大山中的一个山沟里，他悠然闲适，安心度日。但是，我们的作者真的克服思念了吗？难道这个心平气和、嘻嘻哈哈的人脸上连哪怕一丝迅速闪过的悲哀也没有吗？连哪怕一秒钟的绝望，哪怕连一个默不作声掩盖下的热烈躁动的身姿也没有吗？在某个时辰，当他想到自己已远离红尘，想到在大山中寂寞隐沦的身世，这位敏感、风雅、睿智、追求快乐的人——像蒙田一样追求快乐——难道他不会克服难以更改的镇静而从内心深处发出一声泄露天机的呐喊吗？哪怕仅仅一声呐喊？

让我们有条不紊地步步前行。

三、若干思想

骡　子

让我们来把作者的若干思想梳理一番。贝哈拉诺·加拉维斯恨骡子。你们还记得费尔南·卡瓦列罗[①]在她的《农村人口》中说骡子的一大堆坏话吗？贝哈拉诺也看不上骡子。骡子是某种典型的与西班牙同质的东西。骡子就是平原的景观，辽阔，灰暗。在远方，在那灿烂的天边，可以看见一队骡子的剪影，骡队拉着大车艰难而缓慢地拖行。骡子就是客栈、骡马店（供应水和草料）、村镇小巷以及荒山野岭上的野店。骡子是马德里街头时时刻刻都在上演的好戏：一辆骡车堵在铺着又尖又亮的鹅卵石的上坡路上；赶车人的大声吆喝，诅咒谩骂，暴怒的架势；落在可怜牲口脑袋上的可怕的棍子；铁石心肠地看着

① 费尔南·卡瓦列罗（1796—1877），西班牙地理学家、记者、作家、政治家、演说家。

这种场景齐声吆喝起哄的笨蛋和傻瓜。骡子是浅尝辄止的犁沟田垄，是敷衍了事，草草收场。骡子是暴力，是犟头倔脑，是生硬蛮干，是出人意料。骡子是楚佬①、斗牛、厚而浊的劣质酒、发神经似的喧闹乱舞等等的逻辑补充。骡子所代表的一切的对立点是耕牛的温和、耐心、安宁、干活的卖力。贝哈拉诺说："不能否认，骡子拉犁的耕地没有牛拉犁的来得深。"

我们无法想象没有骡子的西班牙风景。但是从这一侧面看到的西班牙风景里——自然和人文景观——却也有一丝神韵赋予它一种深刻的新颖和独特。西班牙的风景不可能是法兰西或者英格兰的风景。从一枚美丽的果实到一位诗人的诗节，从这些喷喷香的红苹果到路易斯·德·莱昂修士热烈激越的诗句，它们都具有一种可敬可佩的劲力。西班牙的空气中能呼吸到一股力量、一种冲动、一道亮丽，这使它的风景和任何别处的风景都不会混淆。且看那眼珠乌黑、身手敏捷、色如琥珀的女人身上的粗犷。赋予这位女人以一种难以混淆的魅力的恰恰正是她的热烈奔放，它与别样的国度里别样的女人们赏心悦目的温柔可人实在是大异其趣。与这女人的魅力，与这女人的粗犷相仿的，是西班牙花朵的热烈色彩和浓郁芬芳——玫瑰、康乃馨、茉莉——是卡斯蒂利亚清明的黄昏时分满天灿烂的晚霞（在阿维拉，从城墙高处面对安布莱斯山谷），或者也是某支民歌深沉而令人断肠的忧郁悲愁。歌的回声渐行渐远，慢慢在远方烟消云散，仿佛含泪悲鸣，仿佛黑夜中一声痛苦的呼喊……

斗 牛

这个吸引梅里美吗？梅里美在写给埃斯特瓦内斯·卡尔德隆的信

① 楚佬有多重意思，可以是拉皮条的小痞，也可以指马德里衣着光鲜、言语放肆的下层人。

里请后者传达对拉塔尔塔哈[①]的问候，那么，当作家在西班牙的时候，这个吸引他吗？谁是拉塔尔塔哈？谁又是《卡门》作者的某位传记作家告诉我们的女扎枪手佩帕？是的，梅里美确实体会到了这力量和粗犷的精妙之处深邃而难敌的魅力。稍后的尼采在意大利游历时听到比才的音乐，也一定感受到了同样的吸引力。尼采要是到了西班牙，肯定也会深深地爱上那些心理学和美学上的微妙体验。拉塔尔塔哈，女扎枪手佩帕……两个名字唤起一个充满特殊事物的世界：富于暗示和矛盾的事物。让我们鄙弃斗牛吧。斗牛是粗暴和野蛮。我们的作者讨厌斗牛。人们说斗牛可以“鼓舞勇气”。不对。“最血腥的人，”贝哈拉诺写道，“也永远是最野蛮、最残忍的，而且绝不会比别人更勇敢。”

女扎枪手佩帕，拉塔尔塔哈；闪亮的眼睛，琥珀色的面庞，矫捷刚健的四肢……我们所愿望的是西班牙的这种劲力，这股冲动，这种生命的洪荒之力，被引上正常的渠道，聚集起来造福人类。西班牙的能量和粗犷可以是一种强烈而新颖的文明的神韵。在人类共同的背景下打上我们自己的烙印：那才是理想。

欧洲或曰布朗夏尔与卢梭

那才是理想，那才应该是我们的事业。虽然我们的作者被埋没在阿维拉的大山里，生活圈子有限而平凡，但那种理想和事业正是他的追求。贝哈拉诺·加拉维斯有强烈的求知欲，而且凡事喜欢刨根究底：没有什么启迪心智的奇事妙论或者机巧发明是他不在书上蛛丝马迹地跟踪的。在我们正在说到的他的书里，读者可以见识他阅读的涉猎之广，种类之繁。然而，此人的卡斯蒂利亚精神气质又是那么纯粹，那

---

① 拉塔尔塔哈（La Tartaja），意为“口齿不清的女人”，是梅里美在马德里时由作家埃斯特瓦内斯·卡尔德隆陪同下认识的西班牙女郎。

么深刻！在我们这位作者感到稀奇的东西中我们找到了“布朗夏尔的飞车和蒙戈尔费耶[①]的热气球。”请注意了！我们是在寒江镇这个深藏在阿维拉山脉里的穷乡僻壤呀，而且我们是在1791年。我们在同一本书里发现他也提到了卢梭：“可曾有谁把斗牛、舞蹈、喜剧抬举为宗教活动？甚至连日内瓦的公民让·卢梭对这事的看法也像一位教父。”欧洲是布朗夏尔、空中飞车，也是卢梭。欧洲是机器，也是意识形态。让我们关注一切知识运动和科学进展，让我们尽最大努力吸收思想界的革新，但是让我们把吸收新知的目标定为使其与我们的环境整合，使其成为我们自己的东西，使其渗透我们的精神。说到捍卫国粹，谁也没有贝哈拉诺那样不遗余力。他在书中反复语重心长地讲到这个主题。但是我们千万不要自我封闭。别的国家做得到的，我们也要做到！“如果英国与荷兰的国民没有因地制宜，兢兢业业，这两个国家又怎么能做到人口众多，繁荣富强？”我们的作者又补充道，“为什么我们不能在这方面仿效这两国以及欧洲别国，而是在傻里傻气、空洞无益、玩物丧志等方面却一样不差地模仿人家不误？”我们必须纠正世人对我们的看法，有根有据地向他们证明，西班牙的气质和才华适合它的事业。一句话：它的气质才华是高尚的而不是冷漠懒惰的。

四、风格理论

雪与水

我们的贝哈拉诺·加拉维斯－尼多斯坐在一张小桌前。如果是

① 让－皮埃尔·布朗夏尔（1753—1809），法国发明家，气球飞行员。约瑟夫·米歇尔·蒙戈尔费耶（1740—1810）和雅克·埃蒂安·蒙戈尔费耶（1745—1799）两兄弟是十八世纪法国热气球发明家。

冬天的话，他的双脚放在粗针茅编制的草垫子上。他在房间里怡然自得，火炉带来某种令人惬意的和暖；窗外是白雪覆盖的山峰。桌上有一只墨水瓶、一管羽笔、一些白纸。我们的贝哈拉诺·加拉维斯－尼多斯要写作了。我们的贝哈拉诺·加拉维斯－尼多斯会怎么写呢？是我们在十八世纪的教会人士笔下看到的那种空洞、绮靡、浮艳的巴洛克风，还是像托雷斯·比利亚罗埃尔[①]笔下充斥着生搬硬造的外国词汇、疙里疙瘩、面目可憎的文风？贝哈拉诺认识托雷斯·比利亚罗埃尔，前者的文风与后者别如霄壤，与十八世纪教会人士的“典雅”风也大异其趣。风格应该怎么才好呢？说到风格嘛……请你们看山上的白雪，多柔！多净！请你们看这空谷幽潭的山泉，多清！多澄！那就是风格；风格什么也不是。风格就是写得使读的人以为：“这没什么。”并使他继而自许：这我也会。然而，对有此想法的人来说，做起来怕没有那么容易。还有，那“没什么”或许最难，最费劲，最不简单。

直指事物

贝哈拉诺·加拉维斯本人在书的序言里为我们说明了他的风格理论。他的表述斩钉截铁。“清晰是风格第一要义，”我们的作者说，“说话是为了让人听懂。如果能做到词不害义，直指事物，那么风格就可算清晰。”让我们抓住这句要紧话头：直指事物。让我们直抵事物，不让词语拖后腿，挡前途，把道路变得荦确崎岖。没有比这更贴切准确的话了。让我们再三强调这一点：“辞达意，意称物，就是好风格；忠实而恰当地表达感觉思想就是好风格。”难处和高超之处正在于运用那种方式做到以辞达意。凡非艺术家，非伟大文体家，或者技巧有不

① 迭戈·德·托雷斯·比利亚罗埃尔（1693—1770），西班牙作家，最有名的作品是带流浪汉小说特点的自传。

逮者，他总会要命地倾向于给感情穿上锦衣绣袍，把思想打扮得花里胡哨，涂脂抹粉，拖泥带水。他永远不会领会，简单即艺术。他永远不会领会，简约的风格不容小觑。“说文体有简约的品质，不是贬低它，而是说它有艺术性。”为什么早期作家对好几百年之后的我们来说有那么深远的魅力？在卡斯蒂利亚文学里，我们偏爱十六世纪超过十七世纪。在一位大作家的作品里，我们偏爱成熟之作超过早年之作……写完这几句话，我们要停下来反思一下。我们刚说的这话对吗？早年之作是火焰和金，成熟之作是节制和银。此时此刻，我们以精神之眼看到提香的晚年绘画；我们也想到了《堂吉诃德》的第一部和第二部；我们同样回忆起重读丧钟已经敲响时的《贝尔西雷斯和西希斯蒙达历险记》[1]的深刻印象。一切皆有魅力，但是最大的魅力，最精微的魅力，或许是晚期杰作里这种灰色调，这种节制，这种说不清的、淡淡的忧郁。

让我们回到加拉维斯的公式：“说文体有简约的品质，不是贬低它，而是说它有艺术性。”作者又补充道：“简约风格的精妙和准确并不比别的风格差。”“风格的所有缺点中，最滑稽的是所谓的累赘臃肿。”

文不明，思不清

一切都应该为清晰做出牺牲。“其他任何情况或条件，诸如典雅纯正，章法有度，慷慨激昂，委曲精妙，都应当为清晰无碍让步。”难道这还不够吗？对于纯正主义者他又说了下面的话：“宁可让语法家挑剔，也不要让别人看不懂。”“一切做作确实都该骂，但是追求清晰却无须担心什么。”唯一可以原谅的做作是尽量清晰。“使人明白还不够，应须追求别人无法不理解。”

① 《贝尔西雷斯和西希斯蒙达历险记》是塞万提斯临死前几天完稿，也是他自认为最好的小说。

对，最高境界是明晰而节制的风格。但是，没有明晰而节制的思路，又怎么能有明晰而节制的文笔呢？风格不是可以随心所欲的东西，否则的话，所有法度规范都无效而且相对无用了。风格是一种心理学的结果。“风格晦涩，就有理由相信思路不清。”“文不明，思不清。”“想得明白，说得清楚，除非有理由故弄玄虚。”准确深刻，令人佩服！我们要再三地赞许简约风格。什么是简约风格？这是个大问题。让我们给简约一个公式。简约，那戛戛其难的简约，是一个方法问题。你们按如下行事，伟大的风格就能唾手而得：你们要把东西一样样依次摆放。别无其他，仅此而已。你们没有注意过吗，一位演说家或一位作家的缺点在于盒中套盒，床上叠床？他们题外插话，枝蔓不切，落笔打岔，蜻蜓点水，东一榔头西一棒子。与此相反的方法是把东西逐一放置，不管是观点也好，感觉也好。贝哈拉诺说：“东西一定要按思想的次序放置，并且要给予它们应有的篇幅。”但是难度在于……构思。风格不是想有就有的。风格是一种生理学意义上的结果。

天　赋

一个人是诗人，或者不是诗人。是作家，或者不是作家。是画家，或者不是画家。是或不是独立于我们的意志。谁能说得清天赋的一切深刻神秘、永不枯竭的力量呢？文学风格的魅力在于变化多端，波澜老成。贝哈拉诺说：“为众人而作的文章风格应该如下：清晰，纯正，该简则简，该激扬则激扬，该短句则短句，该整句则整句。”变化多端……哲学家尼采喜欢重复我们的洛佩·德·维加的一句话：我继承我自己[1]……在风格、形式、色调的穷工极变上，我继承我自己。

---

① 见尼采《偶像的黄昏》第八章《一个不合时宜者的漫游》。

我继承我自己，深入万物并与万物浑然一体。艺术家是能够创造事物分毫难易的独特形式之人。“有些说法与事情天作妙合，表达思想又恰到好处，它们和思想与生俱来。”与生俱来，思想家和艺术家的工作是找到它们。“有时候只有一种方式才能把事情解说清楚。妙手偶得之人真是有福啊！”方式就在那里，潜在于世界的混沌之中。拉斐尔的圣母，塞万提斯的堂吉诃德和桑乔，莎士比亚的万世情侣罗密欧与朱丽叶就从那里来。终极而无法超越的原型就在那里。定义事物的独一无二的表达形式就在那里。在那里，在宇宙洪荒之前，在难分难解的星云中，在世界的混沌中，方式等待着艺术家的直觉。“妙手偶得之人真是有福啊！”

天赋……谁能说出它全部的伟力和神秘？天赋之力就是一切。那种力量跃出清规戒律之上，造化出种种崭新的美学。我们的作者——在 1791 年——走在全部浪漫主义革命之前。我们的作者是一个不带成见的人。这话也是他自己说的。我们的作者默默无闻地埋没在阿维拉的小镇上，但是他书中表达的思想却足以使他置身于现代西班牙语优秀作家之列。“不可否定，”他说道，“亦步亦趋地常规自拘，才华之翮定然飞而不远。”我们用以结束本章的这段话同样殊为深刻：“非风雅成于规范，而是规范基于风雅。天生自洽之才，哪怕别才参差而不能兼善，也要比事事准确唯上的匠心更加宝贵……”

五、一年四季

在巴黎和在马德里

在阿维拉山脉深处的蕞尔小镇里，贝哈拉诺·加拉维斯认为一年当中哪个季节最好？哪个季节他最不无聊？还是由他自己说吧。寒江镇的一年四季和巴黎、马德里不是一回事。大城市里有四季吗？在乡下，在村镇，至少我们区分季节的东西和人口众多的都市里表示四季特征的东西是不同的。或者至少可以说，我们在乡村度过的季节里感受而且体验到的许多东西，是我们在大城市的四季生活里所没有的。在大城市里，我们的生活奔腾如飞，光怪陆离，身边发生的事情纷繁得叫人应接不暇，时光因此短暂。（请你们读读居约[①]在《时间观念的起源》一书中深刻的经验之谈。）现在正是冬天，暖气开着——我们看不到——我们几乎没有意识到，忽有一天我们惊讶地看到树上已是满枝绿叶。奇怪！时间是怎么过去的呢？一列火车将我们带往海滨沙滩，我们在一张游戏桌周围看见美貌撩人的女子；另一列火车将我们送回大城市；暖气开始供上了，我们是看不见的。奇怪！时间是怎么过去的呢？

亲爱的贝哈拉诺·加拉维斯：在阿维拉的寒江镇，事情不是这样的。就像我们所说的那样，我们“过我们的日子”，而你们呢……也一样。

春

春天里，鸟兽草木“开始有了生机”。“对，在这个时节，万物尽显欢欣。”鸟儿仿佛苏醒。“树林草地绿叶葱茏，繁花似锦，万紫千红。露出真容的原野多么美丽！多么惬意！”

（我们的春天：一株巴旦杏在略呈红色的涧谷里独树花发，热闹满枝。头上是蓝天。远处的一群牛羊铃声叮当。泉水汩汩作声。迷迭香和薰衣草的芬芳漫山遍野。蓝色的影子。与黄昏同时熄灭的歌声。入夜以后，细小明灭的远山篝火。）

---

① 让·玛丽·居约（1854—1888），法国哲学家。

夏

庄稼人以为夏天是一年到头最好的季节。“夏天的确是希望的季节。在此之前，农田灰头土脸，到了夏天，它变得得意扬扬，神气活现，盖满了沉甸甸的谷穗。车辆满载而归，稻麦堆成高塔，粮仓塞得满满当当。在夏天，林野的潘神，那骑着小毛驴的好色的牧神，他敲着小鼓吹着横笛，吸引众人的目光，令众人心花怒放。总之，夏天实在是丰收的季节；也正因如此，谁要是在这个季节不好好干活，一年剩下的日子里就只能喝西北风了。”

（我们的夏天：登高纵目远眺，蔚蓝的海洋辽阔无边，远处的一道海岸线映入眼帘。灯塔转动的光束照亮黑夜。轻盈而芬芳的女子的衣裳。打开的火车车窗。黄昏的悠然漫步。）

秋

秋天的好处是如此之多，从全面考虑，它可以被抬举为四季之王。“到了秋天，酒神巴克斯或者与酒神亦师亦友的西勒努斯坐在大酒桶里出丑露乖，鼓着圆圆的腮帮子，头戴葡萄藤的冠冕，大摇大摆地上街乱逛，要人们知道，梅迪纳地区的热闹全靠他撑着市面呢！于是，人们因夏天的过度炎热而变得虚弱的血液随着葡萄汁发酵，而希夫洛（伺候酒神巴克斯吃喝并为他捧杯者）的精心调理也让他们恢复了身体元气，使心脏、肝脏以及人体其他部位的器官都有了活力。”秋天是果实圆熟美满的季节。种子丢进地里，大地慢慢孕育来年的丰收。

（我们的秋天：秋风吹动翠柏树梢。苍白的玫瑰。如泣如诉的钟声。林荫道上的黄叶之毯。农家屋里飘出的圣诞水果的香味。一声咳嗽，一双热烈的眼睛，两只苍白细腻的纤手。谢落的玫瑰花瓣。黄昏时分自鸣钟的嘀嗒、嘀嗒。一件家具的吱吱嘎嘎。）

冬

冬天能声称什么来让世间的生灵喜欢自己呢？冬天是严峻的。“人们缩成一团，浑身烟熏火燎，沾满草屑，见证冬天的严酷。光秃秃的树林无声揭发冬天的险恶。崇山峻岭冰雪连绵，昭显冬天的可怕嘴脸和恶狠狠的性格。”然而，冬天也有它的热爱者。“我是其中之一。”贝哈拉诺·加拉维斯说，“我们的作者厌热喜冷，后者让我舒服，前者让我虚弱。”夏天里的各种昆虫和小动物恼得人心烦意乱，冬天我们就免了这种侵扰。“再说，在这个季节，再恼人的东风也不会使葡萄酒变酸，不会使我们昏头昏脑，郁郁不乐。”冬天里我们吃得更好，睡得更好，消化也更好。还有另外一样东西使我们的作者真心喜欢冬天。“特别是漫漫长夜，三五人围炉而坐，娓娓而谈，既评日间新闻，亦论年来旧事。”一场惬意而风雅的聚谈对贝哈拉诺来说实在是赏心乐事！“聚谈实乃我平生一快，无论何时，无论何地，都叫人开心。”在这里，在这个寒江小镇，贝哈拉诺也追求享受一场雅人聚谈的魅力。在一年中的其他季节，所有的庄稼人都离开小镇，下地劳动，辛辛苦苦，忙忙碌碌。天一黑，疲惫便直接领着他们上床了。没有别的什么地方可以去聊天，去开玩笑。天冷的时候又是另一回事了。“冬天睡觉时间太多，户外地头又没什么好干的，我们就更加频繁地凑在一起长谈阔论，驱散沮丧、忧郁和疑心重重的情绪。这种情绪是由孤独寂寞引起的，有时候它不但很伤身而且很伤神。”

（我们的冬天：入夜时分，透过玻璃橱窗可以看到店铺内部，看到一位低着头的老者在店铺后堂。大教堂里敲响洪亮的钟声。小巷子里传出脚步声。黎明时分的铃声。雪花飘落的寂静。）

一切都是主观

读者，我们在春夏秋冬都看到了什么？这些季节里我们最偏爱哪个？一切都是主观。对我们来说，一年的不同季节是我们的回忆、我们的感觉、我们的儿时记忆、我们生活中的大事所造就的东西。两个季节甚至所有季节共有的特点，对我们来说可能只代表一个季节，而且该特点是单单在那个季节才能告诉我们在别的季节所不能告诉我们的东西。这海上灯塔的光束为什么对我们来说是夏天却既不是冬天也不是春天呢？这是一种难以界定的内心感觉。我们在令人难忘的夏夜凝视过它；多少回，我们在恬淡宁静之中凝视过它那无声旋转的光明！我们把自己的精神寄托到大自然身上；一样东西对两个人不会相同。在我们的一生中，随着身上的热力渐渐熄灭，对我们来说或许已经定型的某些特点也慢慢积淀而且变得更加活跃、突出。

六、牧羊人与种地人

纳达尔的警告

牧羊人还是种地人？两码事，两类人。对，两类人，不过……离马德里和巴黎有点儿远。在这里，在这个阿维拉大山中的无名小镇，贝哈拉诺已经习惯了在牧羊人和种地人中间的生活。一切都有其魅力。在某种方式上，牧羊人和种地人的社会是可以教人喜欢的。如果那些人纯朴、天真、富有活泼自然的直觉，那么你就可能过得开心。在阿维拉这地方，和这类人相得无妨、打成一片并非难事。所有这些人都远离马德里。大城市的文明辐射范围是如此之小，这到底是怎么回事呢？为什么马德里周围的小镇居民和庄稼人都那么粗鲁不堪？还是让贝哈拉诺住在阿维拉的寒江镇吧。还是不要让他住到西班牙的京郊吧。我们说马德里的这番话也可以用到巴黎身上。谁是体验何为小镇人、何为乡下人的最佳人选？也就是说，谁是体验他们生活的文明程度的最佳人选？这个嘛……一个热气球飞行员。"什么？一个飞行员？"对，先生，一个飞行员。一个飞行员和他的热气球一起落到了某处。显然发生过这种事儿。当热气球掉到了原野之中，落在一个不起眼的小镇附近，牧羊人、种地人、手艺人全都会蜂拥而至。看到热气球，这些人是什么态度？他们会把这热气球怎么样？热气球对他们来说是个神奇的稀罕物。这些人的生活中突然出现了一件妙事。热气球落到这里，落入他们手中，随他们处置。他们手握镰刀、棍棒、牧杖、石块。这支大军想干什么？他们会尊敬这稀罕物并救助飞行员，还是会凶狠地捣毁一切？回答这个问题要看它是大城市郊区还是远离人口众多的大都市的偏僻乡村。在马德里周围，那热气球肯定会被毁掉。在巴黎周围也一样。既是飞行员又是摄影家、幽默家的才华横溢的纳达尔[①]多年前就已经做出评论了。远在十九世纪中期，纳达尔飞行过多次。他在《巨人回忆录》（巴黎，1864年版）里讲述自己的飞行经历。在该书中，纳达尔讲到"巴黎周围方圆五里格以外开始的好客区"。然后他又补充——在第四十一页——"你们千万不要落在这个范围以内。万一摊上了，那就得放弃一切。因为在文明世界首都的那些个郊区，你会遇上比博茨瓦纳和俄勒冈的土人还要野蛮凶狠的畜生"。我们也得回忆一下1870年巴黎被围之时，到这个大都市避难的郊区农民在慷慨接

① 纳达尔，真名加斯帕尔·费利克斯·图尔纳雄（1820—1910），法国人，摄影家、漫画家、记者、热气球飞行员。

纳他们的富人家里的所作所为。萨尔塞[1]在他的名著里讲的这事……

在马德里近郊……亲爱的贝哈拉诺·加拉维斯：牧羊人与种地人，生活在牧羊人与种地人中间，但是要离马德里和巴黎远远的。

牧羊人

在贝哈拉诺的家里，神父的朋友们一边烤火一边谈论着牧羊人和种地人生活的优势。把这些用脍炙人口的卡斯蒂利亚纯正口语写出来的段落抄在这里实在是一大享受。庄稼汉卡恰罗大叔认为牧羊人过的日子要比他们庄稼人的日子好。让我们听他讲吧："我们说牧羊人日子好过，这话是很对的。他们在田野里能躺上大半天，而我们却尽和泥巴打交道，不是锄地就是拔草。他们这样多开心啊！到了放牧的地方，他们只是尽情作乐，舞跳不够，歌唱不够。在灌木丛里，在牛羊周围，他们也有他们的欢庆。他们有时候打响板，有时候吹风笛，拉三弦提琴；他们不但唱歌谣小调，而且还尖声嘶叫。他们吃人家，喝人家，不用愁眉苦脸，麦子贵贱他们也全不在乎。可我们哪里有这种过节一样的日子呢！当我们从地头回来的时候，我们就累得只能待在一个角落里歇着去了，第二天一早又去那穷山恶水的石堆间刨土。所有这一切里头最糟糕的是，要是四个法内加[2]的粮食吃空了——这是常常发生的——我们就只能饿肚皮了。如果借了人家一个法内加的粮，等八月份粮食收上来，我们就得双倍还给人家，然后人家还要说这已经是对我们大大开恩了。所以啊，东一点，西一点，一不留神，收获的粮食就这样没了。这是最要命的，你因此也就不能安下心来干这一行。"

---

① 弗朗西斯克·萨尔塞（1827—1899），法国记者与戏剧评论家。阿索林说的是作者以日记为基础的《巴黎被围》一书。

② 法内加，西班牙粮食和土地计量单位。作为粮食计量单位，一个法内加略等于美国56升。

种地人

贝哈拉诺不同意卡恰罗大叔的话。牧羊人种地人各有利弊。庄稼人干的活更多，这不错。但是对庄稼人的补偿不比牧羊人少。两者都唱歌跳舞。“牧羊人一整天躺着晒肚皮，种地人忙着扯杂草、掏泥巴。话虽这么说，但是后者自有其补偿。牧羊人日夜难逃恶劣天气。他们躺在草木丛中，暴风雨袭击他们，冬有冰雪，夏有烈日。庄稼人则可以舒坦地躺在床上休息，可以在厨房烤火取暖，可以在风吹不到的地方美滋滋地晒太阳。”诚然，这两种生活方式都有不尽人意的时候。但是牧羊人和种地人生活简单纯朴，而且身体健康（只在某种程度上，亲爱的贝哈拉诺。因为庄稼人营养不良，痨病是他们的克星。还有另一种似乎只有城里人才得的病。我们指神经衰弱。医生们已经开始治疗乡村神经衰弱。至于说庄稼人的纯朴简单……也只能说在某种程度上。人们在马德里和巴黎的所作所为，在村里也是无所不为）。“他们不会杞人忧天，”我们的作者补充道，“世界上发生的一切他们不怎么关心。只要吃好喝好，他们就能泰然不惊，天塌下来裂成碎片也不会吓着他们。”真是令人佩服的观察啊！我请你们回忆一下蒙田说他园丁的那段话吧：“那在我园中掘地种菜的人，今天早上刚刚埋了他的父亲或者儿子……”[①]

牧羊人与种地人

双方的日子都过得很美。（贝哈拉诺朋友：只有在他们过得上好日

① 见蒙田《随笔录》第三卷第十二章《论相貌》。

子的时候。）“无论什么时候，无论吃什么东西，谁能比牧羊人和种地人吃得更香呢？据此我要断论，他们简直就是把自己的日子过成了神仙皇帝。”（且慢，让我把费霍[①]在同一个年代写的话抄下来：“我，说实在的，只能讲讲我知根知底的加利西亚、阿斯图里亚斯和莱昂山区的情况。在这些地方没有谁比庄稼人更加饥寒交迫的了。他们衣不蔽体，衣服上的窟窿实在太多，与其说能蔽体，倒不如说反而使他们裸体。屋子也跟衣服一样破烂，所以风雨畅通无阻地侵袭他们的茅庐，也侵袭他们的身体。他们只能啃到一点点黑面包，外加一点奶或最下等的豆类；可是一切吃食的量实在是太小，许多人一辈子都没有做到一回酒醉饭饱地起身离桌……”费霍，《论农业之尊，农业之利》。现在让我们继续。）“要是没有胃口，哪怕眼前的山珍海味堆成小山，你也吃不下去。如果在座的食客都食不甘味，那么小牛肉，鸡肉和别的禽类，鳟鱼、鳗鱼和别的鲜美鱼类，这些东西摆得再多又有什么用呢？反过来，要是你胃口好，那么哪怕是一锅菜叶和萝卜炖腌肥肉，也比上面说的佳肴要有滋味。”（不一定，不一定啊……）“一大块黑麦或者小米面包也比萨拉曼卡大学公寓的面包圈强。”（不一定，不一定啊……我们的朋友念念不忘的是萨拉曼卡大学公寓的面包圈！）

至于说到睡觉，“如果一个国王辗转反侧地想睡而不可得，羽毛褥子和最精美的荷兰细麻布床单对他又有何用？”那么庄稼汉的情况又怎样呢？“任何一个庄稼人如我们说的叉开大腿躺在草垫子上沉睡，睡得又香又甜。牧羊人睡在羊皮上，或者睡在光地板上，也是类似的享受。”

（牧羊人和种地人的齐声合唱：不过呢，不过……）

---

① 费霍（1676—1764），启蒙时期西班牙主要作家和知识分子，提倡理性，反对迷信，在教育改革等方面是现代化的肇始人。

七、阿克斯蒂和墨库斯联合出版公司

精美插图

西班牙：一个无人通晓地理的国度。世界地理，略知皮毛。西班牙本国地理，一窍不通。我们可以看到这一百年或者一百多年来西班牙在地理学方面做出的努力和尝试。1778 年，一系列总名《西班牙地图册或西班牙的地理、年代、历史概况》的小册子开始在马德里（潘达莱昂·阿斯纳尔印刷出版公司）出版。它的作者是堂贝尔纳多·埃斯皮纳尔特－加西亚，首都邮政总局的官员。这些小册子配有“精美的插图”。在这些插图里我们看到城市的全景图。一条宽阔的大街上，一座偌大的广场上，只有三三两两的居民或漫步或驻足。先是在小时候，接着在成年以后，我们在十八世纪和十九世纪初的各类图书里多次见过这种大街和广场的景观。在这些插图里，我们的注意力，我们的兴趣总是集中在这三四个居民身上。在人口众多的城市里，他们独享广场或街道的广大空间。这些孤零零的人物有一股很强的吸引力。在一天当中街道广场应该人声鼎沸的时辰，这两三个居民却独占整座城市之空旷。这些孤独者，有些似乎是要到什么地方去，他们的右腿略微向前迈出；另外一些戴着高筒礼帽。也不缺撑阳伞的女士——这是经典之处。还有一条小狗，我们打心眼里喜爱的小狗，它仿佛在其中一个人的身边奔跑。建筑物显得严肃、对称、干净。延伸的楼层显得平滑整齐。窗后和门内一个人影都看不见。天空无云。幸福的人们！你们在美松内罗·罗马诺斯[①]一本书的插图里戴着高筒礼

① 美松内罗·罗马诺斯（1803—1882），西班牙风俗派作家，出生在马德里。他的《马德里指南》和《马德里全景》是描写马德里的文学经典。

帽、穿着燕尾服，保持着笔挺的身姿，或者像是要去什么地方。孤独是你们的，整座广场、整条大街是你们的：没人会来麻烦你们，你们可以爱干什么就干什么。当一本书打开，读者的眼睛就直接朝你们看，而戴着高筒礼帽的你们，感到了对读者的一丝轻蔑。读者一晃而过，今日的读者和明日的读者不再是同一个人，而你们却是永恒的。

地图批判

《西班牙地图册》出版了关于穆尔西亚、科尔多瓦、巴伦西亚、加泰罗尼亚、塞维利亚和阿拉贡等地区的册子。其中第一册——穆尔西亚——的插图是帕洛米诺[①]的作品。卡斯蒂利亚那一册当时尚未面世。这本《西班牙地图册》招来了许多批评。整部书漏洞百出，错误成灾。与后来米尼亚诺的《辞典》[②]一样，《地图册》为讽刺幽默的小品提供了用武之地。我们知道两种这类小品，它们都在巴伦西亚出版，而且是同一年，1787年。其中之一题为《一位世界主义者写给〈西班牙地图册〉一书作者的贺信》。另一本叫《堂阿尔瓦罗·希尔·德拉·塞尔佩致〈西班牙地图册〉一书作者的批评信》。

《西班牙地图册》的作者为了编写这本书，给全国大小城镇的头面人物寄去了一个问答卷。这些问答卷的其中一份到了阿维拉的寒江小镇。那里最合适的人物是神父，也就是说，是我们的朋友贝哈拉诺·加拉维斯－尼多斯，所以他成了负责答卷之人。但是与卡斯蒂利亚对应的那册或者几册结果没有出成……而且贝哈拉诺也没有把回答

---

① 胡安·费尔南多·帕洛米诺（？—1793），西班牙金属版画家。

② 指地理学家塞巴斯蒂安·米尼亚诺（1779—1845）出版于1826—1828年的十一卷《西班牙葡萄牙地理统计辞典》。

寄给《西班牙地图册》的作者。他只是把写好的答案放到《爱国情操》里出版了事。描写寒江镇的文章文字之迷人是我们所不多见的。这十五到二十页左右的卡斯蒂利亚历史可以取这么一个题目:《一个小镇》。描写了小镇及其风俗、大事纪要、人物、日常生活、古迹、传统、工业。一个卡斯蒂利亚小镇，正宗的卡斯蒂利亚小镇，它仗着神父的文笔跃然纸上。这文章干净、偶尔讽刺、简单、平实，带着深厚的泥土气息。

马多斯的资料

马多斯[1]在他的《辞典》——第十三卷，1849 年——里为我们提供了关于阿维拉寒江镇的一些资料。寒江离省城三里格，位于两座高度适中的大山之间一个状如舟船的山岙里，多半时候吹的是南风，气候温和。镇上共 130 座屋子；有市政楼，后者同时用作监狱和男女混校的初级小学；有一座教区教堂（圣母升天教堂）；设置“领初级供奉普通神父”职位。马多斯又补充道：“土质贫瘠。道路：通向四邻村镇的羊肠小路，只能过牛马，不能走牛车马车。收发邮件须到县治所在的城镇。出产：黑麦、土豆、豆类、蔬菜、水果、核桃、天然和人工牧草。畜牧业：放牛放羊，养殖小型家禽家畜。工业：若干加工粮食的磨坊。人口：99 户，457 人。”

阿克斯蒂和墨库斯联合出版公司

我们把一本小书视若掌上明珠，书的封面下方说明：阿姆斯特丹和莱比锡：阿克斯蒂和墨库斯联合出版公司，1769 年。我们认为

① 帕斯库亚尔·马多斯（1806—1870），西班牙政治家，统计学家。本书说的《辞典》指马多斯编辑的《西班牙的地理、统计、历史辞典以及西班牙的海外领地（马德里：1848—1850）》。

这里指的是阿姆斯特丹的阿克斯蒂和莱比锡的墨库斯，在这两个城市里公司有各自的印刷车间。书的纸张质量不高，但是字体大而清晰。这部作品出了好多版，包括古版和现代版。但是使我们着迷的是这本……书已用得很旧，封面油腻，没有任何收藏价值。卖这本书的阿克斯蒂和墨库斯联合出版公司在阿姆斯特丹和墨库斯各自有其小小的书店，来店里的是那些握着小拐杖，戴着假发，饱受伤风感冒之苦的年迈学者。我们说的这个版本带有一个上好的目录。该目录有两条是这么说的：西班牙，西班牙人。构成后面这部分章节的分标题里有一个是这么说的：他们在新大陆的发现和他们对自己国家的无知。在相应的书页上，作者告诉我们："他们在新大陆发现的土地辽阔无际，然而他们还不了解自己的大陆。他们的河流上有这样那样的桥梁尚未被发现，而且他们的山上有他们一无所知的民族存在。"

我们已经不需要指出，这么讲话的人是谁。读者已经知道了：写《波斯人信札》的孟德斯鸠。（但是，关于桥什么的，难道不有点奇怪吗？还是我们理解和翻译得不对？发现一座桥……就是说，赶牲口的和赶车的一直在千辛万苦地来回蹚水而过，却不知道河流稍上或稍下的地方存在一座桥。不是这样吗？不管怎么说，这事情总有点荒唐。）我们发现了一个世界却不认识自己的国度。对，是这样的。现在的西班牙，就和1721年孟德斯鸠写《波斯人信札》时一样，尚待探索。大片的地区（民族，孟德斯鸠说得很准确）尚不为我们所知。爱国主义的基础是地理。如果不了解自己的国家，我们就不会爱它，不会正确地好好地爱它。让我们感受我们的风景，让我们的精神渗透在风景中。这就是一位无名小说家写的小镇故事。

八、意外一声吼

反 讽

我们的贝哈拉诺朋友是位饱学之士；他涉猎广泛，遍览群书。在描写寒江小镇的文章中，贝哈拉诺·加拉维斯很得意地要让我们看出他是一位博雅之士。但是他在引经据典的时候也加上了那么一丁点儿反讽。他引文中的嘲讽只是我们的臆想吗？不，肯定是嘲讽！例如，讲到镇旁流过的两条小溪的时候，他说其中一条从危然高耸的悬崖峭壁骤然跌落，瀑布之声响如雷霆，震耳欲聋。他接着写道："我不禁回想起尼罗河上的一处瀑布。它也像马拉尼翁河或者亚马孙河经过那片叫作蓬哥的急滩时訇然奔跃而下的大瀑布。"[①]这位好神父他是去过美洲还是怎么回事？他又怎么能回想起尼罗河上的瀑布呢？稍后讲到死海时，他说希腊人管它叫沥青湖，"因为水质多黏土和硫黄"。他又加了一句话："我不认为这条资讯无足挂齿。"这里我们看到的是暗含嘲弄的坏笑。行文更远的地方，当他做出略带哲学意味的评说时也额外加了一句："我把这微不足道的一点思考形诸笔墨，不愿使它埋没在墨水瓶里。"讲到寒江镇的特点，贝哈拉诺告诉我们："一位写过拉拉斯和穆尼亚纳这两个地方水质优点的阿维拉的医生说，这里可以得到吗哪[②]，而且他断定质量不比卡拉布里亚的差。"然后作者又补充说："但是和以色列人在沙漠中收获的总归是大不一样。"

---

① 马拉尼翁河是亚马孙河上游干流，发源于秘鲁境内，流经安第斯山脉东麓山谷。河流在蓬哥急滩飞流直下至平原地区，蓬哥以下始称亚马孙河。

② 吗哪是《圣经》里说的神赐之食。"以色列家给这食物起名叫'吗哪'，它像芫荽的种子，色白，味道像掺蜜的薄饼。"(《出埃及记·十六》)。吗哪也是地中海地区生长的一种白蜡树所产出的糖浆，味甘甜，色白或微黄，有药效，常用作轻泻剂，以意大利的西西里和加拉布里亚所产为最佳。

反讽，反讽……我们没办法不看到这位朋友唇角露出的坏笑。这位好神父的宗教信仰正统而且坚定，可是他又不失明智地嘲讽多少事情啊！在《爱国情操》的第二卷里，一番理论之后他写道：“我说的话只是反讽。表面上带着坏笑地肯定，内心却认为那是胡扯。”我们这位人物的性格在此毕露无遗：博雅、温和、敏锐、纯朴；对许多事情他都是带着坏笑轻轻一笑了之。嘲讽一切是缺乏深度和理解。现代作家堂胡安·巴莱拉对我们精神的影响及其带来的危害实在是一言难尽。巴莱拉把许多严肃的事情只当作玩笑，冷嘲热讽地对待许多非常可贵的艺术家和思想家，以此显示自己的优越和聪明。

不，那可不是反讽，那不应该是。我们这位极为谦虚的朋友却不是那样的。让我们避开巴莱拉的肤浅和令人遗憾的讽刺挖苦。让我们严肃对待生活中的许多事情。当一位艺术家、一位思想家、一位诗人或者一位哲学家横空出世，不蹈窠臼，不落俗套，而我们又不能确知其价值为何时，请我们不要像巴莱拉那样笑话别人；请我们不要自作聪明，崇己抑人。在这海拔高达650米、远离国境线、四周干草莽莽的拉曼查高原上，让我们不要自以为是地否定一位艺术家全部的高贵思想，全部的高贵追求，他苦心孤诣的寻幽入微，他的精神痛苦，他的内心悲剧——譬如尼采，让我们不要认定所有这些天才之纵横只配在圣赫罗尼莫大街①上被当作笑谈。

山 浴

我们的朋友实在是个敏感之人。他热爱一切精巧细腻的东西。他喜欢独自散步。（在第一卷第一百二十九页，卡恰罗大叔见他对镇上

① 圣赫罗尼莫大街在马德里市中心。这条街附近有著名的金泉咖啡馆，是文人政客谈天说地的去处。著名现实主义作家加尔多斯的第一部小说即名《金泉》。

发生的事情了如指掌，就感到惊奇，并且对他说："我哈哈大笑，因为您很少出门却对镇上发生的一切无所不知，而且您即使出门也是一人独行。"）有两样东西让贝哈拉诺极其满意：孤独和水。关于孤独和水他有多少话可以写啊！所有表现形式的水，蒙田所追求的那种孤独。不管什么日子，不管什么时刻，只要愿意，我们就可以走出这孤独去和我们的知心好友来往交流。为什么一切热爱孤独的人一般来说也极其喜欢温文尔雅的人际交往呢？蒙田如此，我们阿维拉寒江小镇的亲爱朋友也复如此。

贝哈拉诺爱水。（对令人惬意的聚谈会的热爱他在书中多处为我们提起，下面我们还要读到。）他的心事之一是这些可怜的庄稼人在酒店里纵饮无度。什么也比不上一杯纯净的清水。寒江镇的人们对水却唯恐避之不及。"这些人是那么怕水，看我大清早咕咚咕咚把一杯水灌下肚子，他们不禁为之一震。"杯子擦得干净明亮，盛满甘洌的山泉；杯子在这位好神父的手里透着光；他举起来并把它放到阳光下；一缕阳光从窗户射入……山上的溪流形成几处回水，积水成潭，止水宁静，清泉透明晶莹，直视无碍，水底石床，历历在目。在这里沐浴一番多美啊！孤独、宁静、清新的山气、干净的泉水，这一切多么美妙！多么协调啊！贝哈拉诺一定会沐浴的，但是……那些个悄无声息的爬行类怎么对付呢？它们神不知鬼不觉地前进，在石堆里，在这些地面上穿行，和地面混成一种颜色，你脱衣服或者穿衣服的时候他们都可能混在你的衣服堆里，让你产生一种不舒服的感觉，虽然它们并不一定咬你。寒江镇有许多蛇。贝哈拉诺说："我很怕它们，出来散步到田野上，每走一步都想象自己被咬。"这位想象力丰富的敏感之人还说——这一点实在太有趣了——"我怕它们怕得有时候感到自己已经被咬痛了。"因为蛇的缘故，贝哈拉诺只能忍痛舍弃山中沐浴之乐了。"它们剥夺了我的冷水澡，而这冷水澡又是那么有利于健康，那么受到现代医生的夸奖。不过我想这些家伙在水中也是不会放过我的。”

叹息与哭泣

我们的朋友在他的书中一路保持平静中和，快活无忧，乐天安命。在生命的任何时刻，在世界的任何角落，我们都可以自我成全，成为自己。一切自有其意义和价值。一群庄稼人如此，一个精英社会也复如此。确实，这是不错的；不过呢……不过，那些轻松风雅的聚谈会多么惬意！多么甜蜜！多么妙趣横生！在遥远的萨拉曼卡和马德里，书店、学院、沙龙为我们提供了优雅的人际交往的魅力。我们这位在其著作中一直表现得快乐宁静的朋友突然说道：“我为此类聚会交际而叹息，而哭泣，我渴望它们，我对享这种福气的人心怀嫉妒。”啊！好人贝哈拉诺！叹息与哭泣。那坏笑呢？那表面上的镇静泰然呢？那乐天和知足呢？叹息与哭泣……这来自灵魂的吼叫告诉我们关于此人的多少东西啊！但这并不是孤立的一声呼喊。

描写寒江镇的文章写到最后，我们的朋友不小心再次流露了他的内心痛苦。从头到尾他一直让我们看到他的“坏笑”。通篇故事平和乐观。我们想：“讲这故事的人即使不幸福也不会是个患得患失之辈吧。”但是文章的篇末却意外响起了一声痛苦的吼叫：这声疾呼虽属意外，却也是我们冥冥之中所期待的。贝哈拉诺写道：“我郑重声明，我洋洋洒洒地信笔写来，目的并不是让别人评定我有能力成为公共作家，而是借此机会缓解放逐之痛，使得因怀才不遇而常流不息的眼泪暂时消停片刻。”多么痛苦的坦白啊！此人是个人物。在一个十八世纪作家的身上发现那种浪漫式的大声疾呼是令人震惊的。为什么呢？此人恬静，敏慧，健谈，欢快，平和；此人在这个小镇上随遇而安，善解人意地与庄稼人相处，和风细雨地与他们交谈；可是突然之间他向我们揭示了一场彻骨断肠的内心悲剧！他偶然地、漫不经心地、顺便地、不带慷慨激昂地向我们倾诉了他的不幸命运！哦，此人绝非寻常之辈！这位默默无闻的谦谦君子是个人物啊！那淡泊宁静与乐天安命之中出人意料的一声吼叫使得他的形象长留在我们心头。

寄到贝哈拉诺手里的调查表

务请撰写一份寒江镇及其附属地区的专门介绍，以便收入鄙人正在编撰之《西班牙通史》一书。基本章法见下。说明该地是村庄还是城镇，属于何县地界，离开县城多远；位于平原，山地，还是河滨；辖区占地方圆多少里格；土质如何，有何水果及其他出产；城镇何人何时所建，历来有何大事；有何区域特权，有何集市贸易；有何城徽，城徽为哪位国王授予，起于何因；城镇属于贵族采邑还是王家领地，具体由谁拥有；人口数目；河流、山地、浴场以及工厂作坊数目；教区和修道院数目，守护圣徒以及创始人之姓名；有何医院、苦修寺庙、温泉、公立学校；供人出入之城门数目；以土坯矮墙还是高大城墙围城；有何著名城堡以及其他建筑；有何名人；商贸是否繁荣，经营何种贸易，有何工厂作坊。要之，一切有助于发扬光大乡土之方方面面，以期贵镇及其特色载入史册，不致湮没无闻。

贝哈拉诺的回答

公共作家先生

尊贵的公共作家先生：

我隐匿于我的洞中（我的住处与这个名称更相配，而不能叫屋子），却万万想不到会有一封印刷体写的书信送到我的手中。一眼看去，我吓了一跳（情不自禁啊），而且心里犯嘀咕，高颂几声万福玛利亚而害我掏腰包的事情又来了。

这种事儿以前确实发生过。马德里一个叫坎波梅诺索的虔诚的教徒专事精神交流（他就是这么叫的）；他孜孜不倦地赐教于我，三番五次地给我写此类书信，劝勉我以上述万福玛利亚之虔诚启迪我的教民。或许他以为，这事他要是不管，西班牙各地城镇百姓就会忘记像大天使那样召唤天国女王[①]了吧。

我无意谴责这种如此虔诚的热心而说它是坏事，相反，无论现在将来我倒是都赞许这种值得赞许的热心。尽管如此，我还是无法掩饰他不能设身处地替别人着想这一点。他心血来潮地把那么多信一封接着一封地强塞给我，而且都是沉甸甸的，因为他写了一页又一页。还有其他各类精神交流材料。可是这位圣徒却没有想想，邮费是很贵的，而许多像我这个级别的神父是需要用这些邮费买两枚鸡蛋来填饱肚子的。

愿上帝宽恕他的罪孽（或许他有罪），就像我原谅他由于圣洁和虔诚而害我破费几个铜板。鉴于上面表达的意思，为了下定决心读您的来信，我先认了认姓名，看到大名和姓氏都和我们的圣徒对不上，我松了口气，又吸了口气，并终于读了信中的内容。寒江镇啊寒江镇，这是你的幸福时光啊（当时我是这么说的）！在过去的年代里，谁能使你相信有朝一日你会使印刷机为你开工，你会在出版的书籍里好好地占上一席之地呢？直到此时此刻，你都是那么微不足道而且默默无闻，许多人哪怕到了你家门口也不知道有你存在啊！是的，时来运转啊！你变得令人瞩目的时辰出乎意料地来到了；只要你的神父愿

① 指《路加福音》第一章记载大天使加百列来见童贞女玛利亚。这是《玫瑰经》首句“万福玛利亚”的出典。天国女王是圣母众多的名号之一。

意，你就能大放光彩了！因为《西班牙地图册》纯粹要以神父说的话而把你变成铅字印在书上了。

那么你是衣衫褴褛地面世，还是打扮得花里胡哨地出门招摇，就全在我了。说实在的，我还不能定夺。因为我若谨守良史之圭臬，那么就应该把你描写得如你母亲生下你时的原本模样，一分不增，一分不减。倘若我不但遵循掩盖他人缺点即是慈悲这一条，而且遵循希望自己出生或者定居之家国出类拔萃乃人之常情这一条，那么我就应该脱去你的破衣烂衫，把你盛装打扮一番，让你上京。于此可见，为什么我将永远赞扬纯粹借助文学手段撰写一部诸如《西班牙概况》那样的著作给作家带来的得意程度。如果作家为了认真做这项工作并彻底把它干好而走遍整个西班牙，并且以批评之敏锐描述眼中所见，国中所有，那么他就会写出一个或好或坏的西班牙；倘若结果不幸是后者，倘若这《西班牙概况》到了外国人的手里，那么我们西班牙人就要被人家看轻了。这么说来，为了获得最高的尊崇与名声，信笔乱涂要好得多，也更显周全。

不能否认，想象出这一举世无双的著作计划的人趣味高雅，而且主意巧妙。读者阅读这本新史书时会对我们半岛的现实形成一个肤浅、空洞甚至粗鄙的观念。不过，这也无关紧要，因为同样的观念也正是作者的观念，他也没有脚踏实地地把祖国走遍。这一点只有若干朋友会知道；这些人没有出门到陌生地区去一一核实每样东西位于何处，他们知识面不开阔，或者根本就一无所长，所以他们说东道西的本领定会有所欠缺。他们既然漠不关心，估计也不会找这书来看。

而热切地想要了解世界的外国人倒是会渴望得到它，将它尊为某位饱学之士精心钻研的成果，或者某个显赫的学院的产物。他们会真诚地相信，这部著作的题目那么贴切，而且写于饶有文化而批评精神又那么活跃的时代，它一定是完美无误的。要是对同类题材的其他书籍内容不算无知的话，谁又不会做出这样的假设呢？

波里比阿[①]为了把汉尼拔翻越阿尔卑斯山的行军路线写得准确，实实在在地去远路走了一遭。提比略皇帝在位时的斯特拉波[②]为了把自己极其努力地观察得到的一切记载下来，不厌其烦地走遍大半个世界。安达卢西亚人庞波纽斯·梅拉[③]以及普林尼[④]也同样行事。前者在克劳狄乌斯皇帝时期，后者在韦芭芗皇帝时期。哈德良皇帝和安敦尼皇帝时代的托勒密也不偷懒，他为安敦尼·庇护皇帝的《路线图》[⑤]添加天界表，藉此手段避免《路线图》中计算的不准确之处。亚伯拉罕·奥特柳斯[⑥]和阿尔卡拉大学的数学家佩德罗·埃斯基维尔[⑦]为了推动地理学和宇宙志等重要科学所下的功夫也不小。前者产生的第一部地理学巨著丰富了学者们的书房（它的题目:《世界概况》，拉丁文版，1570 年）；后者也是菲利佩二世[⑧]的被保护人，他的贡献是对我们的大陆做了一番博学的描述。地图册和不故步自封于书房的学者们的严谨考核可以互相发明。

鉴于这些范例，哪位有识之士不会有充足的理由信服，这本即将推出的著作将会比萨尔蒙先生所作的《世界现状》更加正确？后者因为采纳了《西班牙形胜》（胡安·阿尔瓦雷斯·科尔梅纳尔所撰法文著作）

① 波里比阿，公元前二世纪古希腊历史学家，所著《历史》一书记录了罗马帝国的崛起。

② 斯特拉波，公元前一世纪古希腊地理学家，历史学家，著有《地理学》。

③ 梅拉，公元一世纪古罗马地理学家，生于西班牙南部。

④ 普林尼（公元 23—79），古罗马学者，著有《自然史》一书。

⑤《安敦尼皇帝路线图》相当于是罗马帝国的一本道路地图册，一般认为成书于帝国达到鼎盛的安敦尼皇帝在位时期。

⑥ 奥特柳斯（1527—1598），出生于安特卫普的地理学家，地图学家，《世界概况》是第一本世界地图。

⑦ 佩德罗·埃斯基维尔，十六世纪西班牙神父，数学家，测地学家。

⑧ 菲利佩二世（1556—1598 在位）统治期间是西班牙帝国的鼎盛期。

一书的内容，在其第十五卷中多有谬误之处，譬如说马德里少有玻璃窗，因为在西班牙玻璃很贵。

最后一点，曾有几个游历西班牙的德国人撰写过一本《路线图》（1656年印于阿姆斯特丹），其中包含诸多过时之处、名字上的缺陷以及有失恭敬的评论。谁也不会想到，《西班牙地图册》（埃斯皮纳尔特－加西亚先生的著作）说不定能匡正上述谬误呢？

以上所说的一切，换了谁都会这么假设。而这种正常假设的结果将是该著作的良好信誉以及对西班牙王国的赞美。我们的气候和土地是令人羡慕的，一如它曾因富有金银矿藏，土地肥沃，人口众多而令人羡慕。是的，我也说因为人口众多。虽然某些政治家觉得西班牙目前比两三个世纪之前人口更少，[①]但是当时汇总人口统计的是神父们（他们有遵守教规到教堂登记人口的那些人的户籍记录），如果他们出错把村里人算作了城镇人口，那么城镇人口数目就会显得很大，尽管人们住得并不很近。

不论是勺子、纺车、纺锤，还是别的什么东西，每个村都会有师傅带徒弟的匠人；无论是羊毛还是亚麻，大部分地方都能生产毛呢、麻布和粗布等，民间工业于此可见。商业也少不了，因为凡是有人的地方都会有买卖交易。

为了获得此类见闻以及其他同样使人增长见识的真才实学，许多人出门游历。多亏这本费尽心思的《西班牙地图册》的功德，如今人们可以免去如此昂贵的苦差和恼人的求学之路了。人人足不出户，钻在自己的书房或办公室里，而一切满足求知欲的东西这里都应有尽有：你将看到区域、城市和村镇的古今地名；看到它们的创建者、扩建者或恢复者；河流、海岸、港口、山脉、森林、草地和气候；古今

① 费霍在《博学求知信札》里做过古今西班牙人口统计。好奇者请读读他的书，再定自己的看法。——原注

分别有什么政府形式；什么样的法庭和执政官；什么公立学校；什么图书馆；什么名人；什么工厂作坊；什么宫室、寺庙、城堡、雕像、绘画、水源，什么名胜古迹。

在政治方面，你会看到风土习俗，衣冠服饰，手艺百工，内外贸易。那么还有什么目的让你去西班牙王国漫游呢？但愿幸逢其时的外国人多多赞美鸣谢这一值得欢迎的项目的作者。既然他为他们提供了人所共知的方便，那么祝贺和敬礼他是完全当之无愧的。他们准确了解西班牙的欲望过去一直不能满足；而从今往后，他们不会再有险路难行、蹩脚客栈难栖之虞，不用再怕土匪强盗拦路打劫，不必再找别的理由在比利牛斯山止步不前；像人们说的，他们将能够太太平平地坐在壁炉旁边就把要学的东西完全掌握。

谁也不会否定，这部作品用处大，好处多；谁也不会不知道，这对它的作者来说也一样。后者将达成他的意图，其意图或许就是让不犹豫过分（这不是我的意见，我应该正面评判我的同类）的好奇者掏腰包，这样一来读者作者皆大欢喜。而且多么省事！只要把收到的文稿按原先计划的或者必要的次序一一摆放就可以了。

最好在每一页、每一段、每个章节都可以看到不同的行文，这样一来整部书就会生动有趣。它的风格会紧凑、温和、适度、沉静，即一切良史应该使用的风格。开场白啦、特殊称号啦、反思和议论啦，格言警句啦，这些也都少不了。因为这些东西有短小精悍的优点，哪怕作者本人远在火星，他也不会不舍得寄送出去。而如果作者是神父，我们就不能做如是想，因为他们中的某些人如果不冒一些废话的泡泡或者汇成废话的洪流，那是会憋死的。

我怎么会没有过这种念头呢？！既然我确实这样想过，且让我言归正传。为了出名，尤其是为了赚几个铜板，我就当一回公共作家，地理作家，历史作家。倘若我果真以此手段找到点石成金之妙法，我就是全世界的炼金术士中最幸福的一位了。我也会把如此这般炮制而成的著作叫作《地图册》，同时我会联想到过去诗人们的虚构。他们断言朱庇特把星球的重量都扛在自己肩上。点石成金在我纯属天方夜谭，但后者倒是大大的真实[①]。也许我会同时把它叫作波吕斐摩斯。尤利西斯刺破他脑门上的独眼，把他弄瞎了，这样他就朝空中乱扔石头，怎么也打不中目标。那么……可我这是在跟谁说话呢？因为太激动，我变得思维混乱、神志不清了。现在我从欣喜欲狂的状态回归正常，几乎想不起来我的幻想和火热的想象力发了多少疯，说了多少胡话，吹了多少牛。

尊敬的先生，请您别见怪，也不要误会。我这犯的是应该被同情的毛病。来到这个穷山恶水之地以前，我习惯于和三教九流无所不言，如今却无所适从，成了习惯于沉思默想的名副其实的隐修士和孤僻者。如果好不容易有什么意外偶然之事发生，我就会日夜不停地自言自语，有时候害得脑子糊里糊涂。可怜的我！我老老实实坦白我的弱点。您说有什么办法？我无可救药啊。

如果您喜欢听听我对您调查卷的回答，那我就开始了；但是开诚布公地实话实说是不对的，相反，粉饰倒是值得赞扬。

寒江不是城市，而是属于王土[②]的村镇，在民政和宗教事务上隶属于阿维拉市。按照这里人们的说法，它离阿维拉市（以南）两个半里格。实际上这是目测，当地土人虽然天天走路，但是从来不会一五一十地数步子来得出路程究竟有多少步[③]，多少英里，多少埃斯

① 贝哈拉诺之所以说真实，是因为来自神话的地图（Atlas，Atlante）一词成了通用词汇。贝哈拉诺紧接着语带调侃地说也要用另一神话人物波吕斐摩斯来称呼地图，讽刺即将新出的西班牙地图不准。

② 指属于国有，而非属于封建诸侯或者宗教教团所有。

③ 这里说的计量单位“步”，一步等于 1.393 米。同句中的埃斯塔迪奥（estadio）是古希腊罗马的长度单位，一个埃斯塔迪奥大约 185 米，是一个古竞技场的长度。

塔迪奥。因此之故，实际距离无法准确知道。

我也不好测量它的纬度或者经度，因为我缺少地图和别的工具。要是手头有点这类工具，那我会很乐意去查它个一清二楚，一来新书不会有缺憾，二来我也可以从中获得消遣。要是我没弄错的话，基本的概念我还懂得，地理学家们为此目的而设定的规则我也还记得。

远在萨拉曼卡大学求学的青少年时期，我就接触过地球仪，也碰过浑天仪。当时我嗜好这门奇妙的学问，而它又有那么大的用场。萨拉曼卡大学的天文学教授是我朋友。有他的指导，也凭着自己的兴趣爱好，我得以初窥门径。以后，这种爱好又促使我找这方面的一些小册子来看。这些玩意儿对您的工作那么关键，所以我想象您应该都有的，那么我不提供的信息，您自己也能获得的吧。

寒江这个地方锁在崇山峻岭之中，但是它地势平坦，是平原或者谷地。打个比方，它就是安布莱斯山谷的腹腔一处。这里是对维吉尔的问题货真价实的回答：告诉我，何处高天三尺宽？你就是我伟大的阿波罗（Dic quibus interris，eteris mihi magnus Apolo：tres pateat coeli spatium non amplius ulnas）！或者是另一部诗中：自古受人敬畏，四周群山环绕（Religione patrum late，sacer，undique coles inclusere cavi）。[1]

安布莱斯山谷怀抱西方和北方。山高应该都在一千步[2]左右。因为有些星星位置偏离而不在垂直上空，所以我们就见不到它的身影：这里不是编制日历的好地方。要是迦勒底人在这里住过的话，他们不知道会多少次发现大年[3]。围绕我们的山脉是中央山脉的枝叶或者胳膊。大山从葡萄牙经维赛奥进入埃斯特雷马杜拉，一路逶迤把这个省

① 引文分别来自维吉尔的第三首《牧歌》和史诗《埃涅阿斯纪》第八卷。

② 一千步就是一千三百九十三米。

③ 迦勒底人是两河流域说闪米特语的古老民族，擅长星象、历法、数学。大年也叫柏拉图年，古代天文学概念。

份和两个卡斯蒂利亚分开，延绵的大山在当地人的话里分别被叫作母猫山、法兰西峰、贝哈尔山、格雷多斯山、尖峰岭、鸽房山。这一带天气酷寒，一年大部分日子白雪覆盖，因其白发苍苍而令人尊敬。群山万壑，诸峰耸立，面目峥嵘，气势荒凉。您看看，多漂亮的景观！

从以上所述即可推知，这里的土壤一点也不肥沃，实际上也正是如此。这里只产黑麦，如果播种小麦，它也会退化成黑麦。地势偏低的地方有一些果树，果子养到成熟的话质量不算很坏。草地异常丰美，所以夏季这个地方可以养殖许多牛羊马匹。草地范围非常辽阔，是这个地界上最大的一类地块，周边合起来有四里格长。

南部的崇山峻岭之间有两处湍流奔腾而下，水源终年不枯。大卫王歌中所唱的美妙景致可以毫厘不差地在这里核实：奔流众水山间过。这两条山溪之间相隔半个四分之一里格；流过同样长度的距离之后双溪交汇，交集点是一片叫作埃斯卡隆尼亚的居住区。一边贴着房舍流过，另一边是菜地果园。

丰沛的山泉形成一条不长不短的河流。两岸树木成林；有核桃树，有白榆树和小黑榆树，还有我上面说过的果树。所有这些树都长得枝繁叶茂。一块块围起来的庄稼地里种的是大麦、小麦、亚麻、土豆、菜豆、豆角、萝卜，等等。所有这些作物从播种到收获历经四个月时间（萝卜和土豆除外），因此这里收的麦子被叫作三月麦，即春播麦。

春夏两季因为草木茂盛，景色优美宜人，如果说这里可算有夏天的话。因为我们可以肯定的是，在这片土地上只能感受到两个季节，即冬季和春季。春季持续六、七、八、九四个月份，一年中余下的另外八个月份就是冬季。事实上冬季酷寒，我们仿佛生活在地理学家和宇宙志学者所解释的北极圈或者平行天球之内。

不容争辩，这里的水盐类含量极低。我虽然读过水样分析方面的东西，却从来没有打算去做化验。不过，我确实想过用水量水速表来把各处的水做个比较；结果呢，却也只是想想而已。我不知道寒江各地的水的优点，不知道它是不是略偏酸性，也不知道如果水中含有碱性盐，医生们是否会着手用它来治疗某些病痛。这事就让医生们去断定吧。根据希波克拉底誓言，了解居住地区的水质是他们的事。而我呢，请允许我说，我观察到水中有博物学家说的可以将水质鉴定为优良的特征。寒江的水无色，无味，无嗅。

诚然，费霍说这类特征只能用来淘汰质量极差的水，却不能用来精选优质水，而且前提是确实有劣质水差到了有色、有味、有嗅的地步。这个地方有许多人得疝气，治疝气的大夫对一半多的孩子采用了被禁的、近乎阉割的治疗法。也许水中盐分含量太低对这一疾病有影响，就像在圣伊尔德丰索宫[①]地区发现的一样。

不管怎样，我要明确表示，就我的趣味而言，我更喜欢这里的水，而不是别处因含硫黄、水银、硫酸盐、铁等成分而受人们追捧的水。上文说到的两条山溪的其中之一有小鱼、青蛙等繁衍生息，但是没有鳟鱼，这是我感到遗憾的。这个美中不足应该记上一笔，而且应该说是稀罕事，因为山岭南坡的溪流里有大量鳟鱼，而且超级好，好到四个 F、五个 F[②]。那里也发现有两栖类动物。但令人吃惊的是，在另一条山溪里却没有任何活物。这一现象（让我们权且这么叫它）让当地人很惊奇，然而认真思考自然现象的人则是很少，甚至没有。这事真是奥妙无穷的大自然的一大神秘。哲学家因其古怪离奇而称其为魔鬼。

我曾经认真思考过原因，百思而不得其解。我想到也许是湍流太急。水从极高的峭壁飞流直下，因此之故，水声轰然，响若雷霆，使你情不自禁回想起尼罗河上的大瀑布。它也有马拉尼翁河或者亚马孙

---

① 圣伊尔德丰索宫在马德里以北八十公里处，是依法国卢浮宫思路而建的王家夏宫。

② 原文脚注说明，所谓四个 F、五个 F，是指五个以 F 开头的西班牙语单词：山陡、水冷、油煎、喷香、可靠（fragosas，frías，fritas，fragantes，fiadas）。

河从叫作蓬哥的悬崖峭壁一泻而下时的磅礴气势。

可是仔细想想，却不是那么回事，因为湍流直泻前的情况可以说明情况正相反。[①]一天下午，我和一位物理、化学知识相当丰富的人交谈；他说这是流水经过黄铁矿时产生的现象。我在离发现奥秘不远的地方钓到过鳟鱼。说到的这位化学家应该知道此类矿物的优点和特点吧。他也应该会知道水里砷的含量是否丰富。各司其职，不必越俎代庖（Tractant fabrilia fabri）。[②]

我在这里要提醒的是，我在水里没有闻到什么可以表明溪流中途或者水源有黄铁矿的异味。泉水清澈，我喝了无病无痛。相反，我按其已知的用途来对它加以利用。我可以保证，因为它的独特之处，我偏爱它胜过本地别处水源。考虑到它不能滋养活物这一点，那么它或许是清除肚中蛔虫的有效办法。循着这一假设，我们把所说的溪流叫作死溪，但不叫沥青溪。沥青湖是希腊人用来称呼死海的名字，因为它的水中多黏土和硫黄。我不认为这条资讯无足挂齿。

所说溪谷的水量不大，但是水流终年不断。哪怕是最旱的年份，水上所有的磨坊也转个不停。磨坊总共有十一处，有些用两片石磨。别的地方的磨坊恐怕不能有同样的水质。这里的水冲下来又陡又快，而且因为水冷，所以很小的水量就足够了。您不会不知道物理学家们具体关于这一点的见解，也就是说，同样的水量石磨冬天磨得比夏天好。这个原理如此自然而简单，不是这原因那还能是什么？建造这类水利装置的加利西亚人可是从未听说过欧几里得的《几何原理》，也从未和托斯卡[③]打过照面。

---

① 应该是指水跌落前的流段里也没有鱼类生长。

② 典出古罗马作家贺拉斯。

③ 托马斯·维森特·托斯卡（1651—1723），出生于西班牙巴伦西亚的数学家、建筑学家、哲学家、神学家，写过许多概论，其中包括《数学概论》。

在我说的流过小镇的那条小溪里，我找到过碎片状的黄金，或者类似的东西。这可以和吕底亚[①]的帕克托洛斯河相媲美。后者因为富含金沙而为历代诗人、历史学家和地理学家所赞美；我说的碎片没有小到用显微镜才能发现的程度。如果真是金子，那就可以得出溪流生于金矿或流经金矿这个结论。

我说是金子或者类似的东西，这也就是批评了闪亮的东西不全是金子。诚然，它是来自大地腹腔的唯一纯粹的金属。我坦白，为了能够有把握地谈论这类题目，我需要更多的知识和经验。关于矿物学和冶金学，我只有阅读某种现代物理学书籍得来的那一丁点儿知识。自然学家或化学家都说矿藏丰富的山上草木不盛。这条溪流经过的山上顽石累累，土质甚至对灌木丛来说都算是非常贫瘠的。

这些都是令人求之不得的福音，我不敢对您有丝毫隐瞒。至于您如何利用，悉听尊便。这一贵重金属人见人爱，大受欢迎。因为当今的王国已经不再像斯巴达[②]那样治理，所以凡夫俗子们爱黄金如饥似渴。大自然在任何地方都慷慨奉献各类果实，却把金银深藏在大地深处，这恐非偶然。太多的金银反而祸害人类，这是它不想看到的。我把这微不足道的一点思考形诸笔墨，不愿使它埋没在墨水瓶里。这么一来您将看到，我早先的话是有根有据的，即许多神父只是开口闭口冒一些格言警句的泡泡，徒令读者厌烦。

转到下一个话题之前我要郑重表明，关于那条溪流不长鱼鳖青蛙的原因是不可靠的。虽然这种传说在当地人看来确凿无疑，但是我不会坚信。在这类事情上我不会轻易人云亦云。对冒牌哲学我只会说不。我永远认为物理学需要最专心致志的实验和调查研究，而且皮浪

① 吕底亚，今土耳其境内的小亚细亚古国，大约于公元前660年开始铸币，可能是最早使用铸币的国家。

② 斯巴达社会禁止公民拥有金银和奢侈品。

主义[1]精神在这种领域里尤为重要。有时候人们没有可靠根据也粗率地对无法证明或者没有充分证明的东西妄下结论，这一点是必须警惕的。

虽然人人皆有一双眼睛观察世界，但是并非所有人都能看到世界的本来面目。如果额前的眼睛受了各种不同颜色的影响或者眼睛健康状况不佳，那么我们看到的物体和视点就会带上物体自身原本没有的色彩，或者会看到不同的形状；而视觉中的光线在这种情况下进入大脑，大脑就会获得错误信息，并因此产生错误感觉。我想您一定知道这正是对于同一件事言人人殊的原因（按照好的哲学的讲法）。

寒江镇这个地方出产许多草药。我想，上帝命令大地长出来的草全部具有某种用途。整体上我是这样理解的，但是现在只讲讲为药物学家或植物学家所了解的那些吧。假如我是马德里植物园的会员，那么我每年都能把轻而易举采到的草药寄给他们，同时我也会附上相应的专题论述。有时候我会依据狄奥斯科里迪斯的《药理》，由拉古纳博士注释的那个版本；有时候我会依据博梅的《论文集》。总之，遵循眼下的趣味，我会依据图纳福尔的《植物学基础》和大名鼎鼎的林奈[2]的《自然系统》。这样的话我在孤独中熬日子不至于太无聊，太郁闷动气。

居住在本地的一位理发师对我讲过，从前这里来过一个采药人。他似乎采到了好多草药，有些是罕见的珍品，因此他对这个地方赞不绝口。一位写文章夸过拉拉斯和穆尼亚纳这两个地方水质优点的阿维拉的医生说，这里可以得到吗哪，而且他断定质量不比卡拉布里亚的

---

① 皮浪主义是怀疑主义的代名词。皮浪（约前 360—约前 270）是古希腊哲学家。

② 此处提到的科学界人物：狄奥斯科里迪斯（约 40—约 90），罗马帝国时期出生于小亚细亚的希腊医生，药物学家，植物学家。安德烈斯·拉古纳（1499—1559），西班牙犹太人，医生，药物学家，植物学家，文艺复兴式通才。博梅，不详。约瑟夫·皮顿·图纳福尔（1656—1708），法国植物学家。卡尔·林奈（1707—1778），瑞典植物学家，动物学家，医生，现代生物分类学之父。

差，但是呢，和以色列人在沙漠中收获的总归是大不一样的。

照我说，这个地方盛产白蜡树，而医生们认为产生泻药的正是白蜡树。这种植物被认为有止血或退烧功效。他们一定清楚吗哪是否只在卡拉布里亚这样的炎热地方生长，还是寒冷地带也有。我的学识不足以断定这桩公案。

上面提到的理发师要在我面前露一手，好让我见识见识，即便他在草药知识方面不是所罗门，不能讲论黎巴嫩的香柏木，讲论墙上的牛膝草却还是够格的。[①]有一次他让我看了一种人手形状的树根（叫作基督之手），并肯定地对我说，这是有效的泻药。我相信了他的话。因为如果细卷鸦葱的根因为状似蛤蟆[②]而能消毒解毒，那么基督之手同理也可以治手。我干吗只说手呢？它一定有包治百病的神效。基督的手在一切处方之上，对治疗任何疾病都是神奇地有效。

寒江镇开山肇基的年代没有记录；不过它一派陈旧面貌，显得非常古老。因为没有方志记载，所以说，谁是开山鼻祖也无从得知。它既没有修复者，也没有扩建者，不过确实有毁坏者，因为我们知道它曾经更大。因为缺乏历史，所以也就没有什么引人注目的大事可以称道。镇上百姓虽然不享受什么特权，但是他们非常自由而且非常热爱自由。在这一点上，它和比斯卡亚、阿斯图里亚斯和蒙塔尼亚斯[③]相比也不遑多让。这便是出生在这里的人们的特点。

这里发现过一枚盾徽，它就滚落在储藏十一税粮食的谷仓旁边的地上。该盾徽的图案是一片有六个小面包的原野，面包在盾徽两边排成两排，每边各三个。我不懂这代表什么意思，因为纹章学我完全是

① “（所罗门）他讲论草木，从黎巴嫩的香柏木到生长在墙上的牛膝草；他也讲论走兽、飞禽、爬虫和鱼类。”（《圣经·列王纪上·第四》）

② 细卷鸦葱（escorzonera）和蛤蟆（escuerzo）词形相似。前者源自意大利语，词根意为“毒蛇，”后者词源不详。

③ 蒙塔尼亚斯（山的意思）是坎塔布里亚地区的一个旧名。

外行。我只在卡达尔索为半瓶子醋秀才而写的百科全书[①]里读过一点，而且茫无所得。这门学问的术语我觉得都是希腊——阿拉伯语，迦勒底——希伯来语，莫名其妙的故弄玄虚。对我这种头脑简单的人来说，这些术语无异妖术，也就是那个教堂司事在萨拉曼卡名扬天下的魔洞里传授的向死人问卜的黑魔法。[②]

或许是这方面的无知导致我认为，盾徽既然在谷仓边上，那些个小面包的意思就是麦子从这里进去。如果不是这样，那么也可能是一幢已成废墟的巨宅的盾徽。那里的人们把它叫作宫殿，其瓦砾在教堂附近还能见到。屋子属于居住在科尔多瓦市的堂娜玛利亚·巴尔迪维亚，这位贵夫人有不少地产在这里。若果真如此，图案就不会是小面包，而是面值八盾的多乌隆[③]了，这种象形文字也就表示主人富有许多金币吧。

这里没有雕像，除非你说行走的活人也算。水源只有天然现成的。这方面的资源实在丰饶，整个地球的水都倾泻在这个山沟里了。实际上，寒江就像一头深水巨怪呼气或者打饱嗝的地方。这里不赶集，不成市，也没这个需要。路边小摊贩一年到头从不间断，有买有卖，人人自便。

居民共一百二十人。他们全是牧羊人或者种地人。这是人类多年经营的最古老的职业。这些山野村民都是粗人，他们的日子过得很穷，但不痛苦。只有自以为不幸的人才会不幸，他们则是穷而开心。

---

① 指十八世纪西班牙作家何塞·卡达尔索的《半瓶子醋秀才，或曰每周七日传授、分成七课的学问大全教程，为意图少学而多知的速成者的福利而出版》。

② 萨拉曼卡大学是欧洲最古老的著名大学之一。十四世纪的魔洞传奇说魔鬼在一个山洞里向七个学生传授妖术七年。山洞在地下，有不燃而明的蜡烛照亮。七个学生要付出的代价是必须有一个人被随机选出来永驻魔洞。许多作家都写过这个题材，最有名的包括塞万提斯和英国作家司各特。

③ 多乌隆是十五世纪末年以来西班牙帝国铸造的金币，面值有相当于二盾、四盾、八盾等三种。八盾多乌隆重二十七克。

他们没有什么精神生活，也没有理解力，一切皆依风俗习惯行事。即使神父们费大力气打磨他们，我也不知道他们能否达成目的。他们不求成大事，出大名，只是懒洋洋地处于消沉状态。在某些事情上他们和《荷马史诗》中的英雄们相似，譬如说，人类生活中共有的一些器具他们全是自己动手制作。

刚刚说到的荷马关于好人欧迈俄斯的话在他们身上可以得到验证。[①]欧迈俄斯自己做鞋子，自己做圈养牲口所必需的东西，比如畜栏，等等。关于尤利西斯的话也适合他们。他自己起屋，自己打床。[②]马戈的25卷农书，色诺芬的《家政论》，以及老加图、瓦罗、科鲁美拉[③]等人关于养殖牛羊和其他田间农牧业劳动的书，这些他们一概没有读过，但是他们能凭传统而遵守上述作家们教导的许多道理。

他们食量很大，这一点也使他们和荷马描写的英雄们相似。他们和所有北方民族一样，喝酒海量。以赛亚[④]说的话对他们真是恰如其分，他们从早到晚在酒馆里度过许多日子。这是他们最大的乐趣。有迹象表明，过去这里有过葡萄园。传说他们不再种葡萄是因为它引发过许多结果极其糟糕的矛盾纷争。他们爱好这一水果，同样爱好它的汁水。没有一个是拿撒勒人[⑤]。这么叫他们是因为用了对句格[⑥]。

不管你怎么布道说教，他们一如既往地我行我素。你越是在高台上气势汹汹地吓唬他们，他们越是兴高采烈地离开教堂去喝上一盅，以这种办法平息良心的愧疚。如果你教导他们酗酒是罪孽，他们在这

① 《奥德赛》第十四卷——原注

② 《奥德赛》第二十三卷——原注

③ 马戈是迦太基农业作家，被称为农业之父，著作只有片段通过其他作家而传下来。老加图、瓦罗、科鲁美拉都是古罗马作家。

④ 《圣经·以赛亚书》第五章——原注

⑤ 拿撒勒人就是耶稣基督。

⑥ 对句格的例子比如："人人皆酗酒，无人是耶稣。""打算在人，结果在天。"

件事上会显得非常镇静自若，甚至以为连清洗这一污点的圣水他们都是不需要的。我经常记得人们关于易洛魁人和其他我们叫作野蛮人的美洲土人所说的话，这些人你说什么他都耐心地听着，你说什么他都应和。但是到头来你才明白，他们一点也没有被说动。

无论是执诗琴的奥尔弗斯还是执竖琴的安菲翁都不会有什么办法来对付这些人，虽然古希腊哲学不乏虚构，说什么他们的琴声和谐使得他们身后跟着百兽，而且连顽石都会被感动。如果真想做到这样，那就首先要像驯化百兽那样调教他们，然后才能使他们服帖。我不知道这里的气候氛围属于哪一个行星。宇宙志学者们将会定义这里是土星还是属于月亮；我的星盘告诉我，我的教区居民受这两个星球的影响兼而有之。

女人们都是利百加，都是拉结，而且在到地里拾麦穗、放羊、提水等事情上模仿路得①。她们不算漂亮，但是实在长得结实，而且很能生养，周围恐怕没人能超过她们。她们以唱牧羊小调和跳舞解闷取乐，伴随她们歌舞的小鼓和其他乐器与《圣经》里尼布甲尼撒塑像揭幕仪式上弹奏的乐器相仿。②她们全都喜欢家长里短地闲聊一气，这样就不至于郁闷得未老先衰。

她们嚎丧之礼和以色列人大为相似。在葬礼上，撕心裂肺的哭号伴随着死者的尸体，哪怕铁石心肠也会为之动容。说到葬礼，我想起了福音书里讲到的拿因城③的寡妇，一边哀哭，一边还要一五一十地把死者生前的事迹带出来赞美一番。他们的葬礼布道词是如此之悲

① 利百加、拉结和路得都是旧约《圣经》里的女性人物。

② “你们一听见角，笛，琵琶，琴，瑟，笙，和各样乐器的声音，就当俯伏敬拜尼布甲尼撒王所立的金像”（《圣经·但以理书》第三章）。

③ “次日耶稣往一座城去，这城名叫拿因，他的门徒和极多的人与他同行。将近城门，有一个死人被抬出来。这人是他母亲独生的儿子，他母亲又是寡妇。城里的许多人同着寡妇送殡。主看见那寡妇就怜悯她，对她说，不要哭”（《路加福音》第七章）。

怆，恐怕在这类祈祷词方面有才华的弗莱希耶[1]也是模仿不来的吧。

虽然她们哭得凶，但是获得安慰停息下来也快。有机会她们会再婚，顶多等一年。成了鳏夫的男人也一样。有些女人简直就是多俾亚的妻子撒辣，后者先后嫁过八个男人。[2]

这里没有修道院，然而不缺修士。他们在神父缺席或生病时来替代我们，也来化缘。工厂作坊只有烧炭场，他们对烧制这种细木炭非常投入，以至被叫作烧炭人。从这个绰号可知，干这行的不在少数，因为山上盛产木柴。多亏有这个便利，要不然到冬天我们就要束手无策了。这个地方实在太寒冷，我们可以把圣赫罗尼莫[3]在一封书信中的话用在这里：天寒地冻兮心血凝（Frigidus obsistit circum praecordix sanguis）。

这里没有城堡，没有宫殿，没有浴场，但可以洗澡的地方倒是确实有许多。这些人怕水怕得要死。看到我大清早把一杯水咕咚咕咚灌下肚子，他们就会发抖。他们吹牛说一年到头从不喝水。看他们黑乎乎的脸庞可以得知，他们对于洗浴的恐惧也并不略减。炎热地区的人更加讲究卫生，天热促使他们找水凉快。同样道理，寒冷地区的人，苦寒促使他们找葡萄酒和其他各类烈酒来祛寒取暖。

这里人得的许多疾病我以为和不讲卫生有关。蒂索[4]大声疾呼反对不洁，提倡卫生，他认为清洁有助于排汗，肮脏妨碍排汗。按照弗勒里[5]的观点，清洁真的是象征灵魂纯洁的美德。

这里也缺医院，除非你说每家每户就是一个医院。这里只有一个

---

① 埃斯普里·弗莱希耶（1632—1710），法国主教，布道师。

② 天主教和东正教《圣经·旧约》有《多俾亚书》，记载圣德不凡的盲人老多俾亚眼睛复明和淑女撒辣最终与小多俾亚顺利完成婚姻大事的故事。

③ 圣赫罗尼莫，拉丁教父，拉丁文通行本《圣经》译者。

④ 奥古斯特·萨米埃尔·蒂索（1728—1797），瑞士医生。

⑤ 安德烈·埃居尔·德·弗勒里（1653—1743），法国红衣主教。

教区教堂，教堂有三个中殿，相当宽敞，从地面到屋顶的建筑材料都是本地盛产的花岗岩石头。教堂带一个塔楼，没有巴别塔那么高。如果后者真的是砖塔，那么在这方面寒江镇的塔楼也与之不同。塔楼上挂着三口质量上乘的大钟。如果想添加管风琴所要求的钟，地方也不会欠缺，因为尚有五个窗户空着没用。

教堂以圣母命名，具体叫升天圣母教堂①，但是这一天不是主要庆祝日。这里最隆重的庆祝节目在七月二日，也就是教会所定的庆祝圣母访亲之神秘②的节日。这一天举行最大的集市。有众多的小贩来赶集，他们不是卖假金属首饰，就是扛着运势之轮以及这类人特有的别的行头来害人。尽管有公正之至的王家禁令，那些人却因天高皇帝远而逍遥无虞。集会上有布道；有宗教游行，教堂里和街上都有；有丰盛的食物和大量的饮料（非冰镇）；有随着牧羊人摇的串铃和声音吓人的边鼓节奏而尽情欢跳的土风舞。这些粗犷的阿波罗和俗气的缪斯扭作一团，唱成一气，陶醉得如痴如狂，或者应该说是真疯。

有时候他们也演戏，戏文按情节、时间和地点统一的三一律编排。如果这些东西有什么不足之处，那一定全是诗人的过错，和演戏的人无关。每个人都演得活灵活现，实在是好得不能再好了。应该担心的倒是上演某出悲剧或者打斗剧时他们变成真正的角斗士。这些家伙挥舞着铁剑光起火来真会砍人杀人。我想过，为了平息厮杀，也许需要手握酒囊的观众们冲上戏台去劝架。

---

① 我差点忘掉，往东有一座不算很小的荒庙，可以容纳全镇百姓。实际上五月三日那天还真是人山人海。真十字兄弟会的庆祝活动就在那里举行。荒庙里供奉着一尊十字基督像。雕像实在太蹩脚，我要是当了主教，一定按教规法在这方面的具体规定而下令把它埋到土里。我害怕那些人被惹急了和我过不去，因此还不敢做出这个决定。四周墙上刻着基督受难像，这一点是从说明文字而不是从画里得知的。——原注

② 天使告诉圣母，她的表姐以利沙伯已经怀孕六月，于是玛利亚前去拜访以利沙伯，后者腹中胎儿就跳动，被圣灵充满。事见《路加福音》。圣母访亲之神秘是天主教徒所念的《玫瑰经》欢喜五端之一。

希夫洛[①]的精灵在那一天大显身手。寒江人有的即兴赋诗，出口成章；有的唱连祷和晚祷曲；他们的歌声婉转和美，一点不必嫉妒埃斯科里亚尔修道院[②]的唱诗班、托莱多的合唱团，或者王家礼拜堂的圣乐。降半音啦，升半音啦，哆来发来索啦，低音啦，高音啦，轻音啦，应有尽有，精彩极了！

公共教育有一位领取束修的小学教师；孩子们既不用功，也不得法，所以学业没什么长进。难得能碰到一个字母还写得马马虎虎的。不久前我还叫它三语学校，因为老师能流利地操希伯莱语、迦勒底语和希腊语；或者也可以被叫作巴比伦，因为那里所有的语言我想那位冬烘先生都会说，但我从来没听懂过他说的一言半语。

这里没有城墙，寒江可以说是一座自然的围城，只有三道门可以进入。罗马人当年如果在这里打过仗的话，那一定是自取其辱，死路一条。最抢眼的房子是位于中心地带的镇议会厅。政治大事在这里也在酒馆里处理，就跟伦敦一样。上议院和下议院经常在这些地方开会，政客们也模仿伦敦的老爷们在半夜或者天将破晓时才分手道别。

寒江也有它的演说家，他们仗着酒力修改《十二铜表法》《自然法》和《万民法》。这些个执政官对《学说汇纂》《罗马法典》《七卷律》《西哥特法典》[③]置若罔闻。他们为自己方便而曲解法律，甚至敢对君权神授论说三道四。怎么对他们合适，他们就怎么具体解释法律条文。我就像怕破门而入的敌军一样怕这些议会。他们的统治是贵族政治和民主政治的混合。

---

① 希夫洛，就是前文第五章《一年四季》中提到的酒神的捧杯人。

② 埃斯科里亚尔修道院位于马德里西北五十公里处，名为修道院，实际上是修道院、宫殿、陵墓、教堂、图书馆、慈善堂、神学院、学校八位一体的一处庞大建筑。

③《七卷律》和《西哥特法典》是西班牙卡斯蒂利亚王国法典，成书于十三世纪。《西哥特法典》是西罗马帝国灭亡后罗马法在欧洲最完整的传承者。这一段提到的其他法律文献都是《罗马法典》。

我给您讲一段故事，让您看看我并不是瞎担心。为了不让他们不修边幅进教堂而亵渎神灵，我苦口婆心的反对话说到自己筋疲力尽的地步。有一天我情绪激昂难耐，抓住了一个似乎天赐的良机。结果怎么样呢？他们半夜里聚在一起讨论，声音最响的是一个以剪羊毛、缝粗布为业的裁缝，会上提了以下两条：第一，允许N以牧人装束进教堂。第二，驱逐神父，因为他责备羊倌像放羊时那样肩搭褂子进教堂；他不许人们喧哗，聊天，欢闹，或者没事在教堂里瞎溜达；他极为生气地把身带涓滴之人也就是他说的醉鬼赶出教堂。这种事在N身上重复发生。

这使他们想起那桩人尽皆知的往事，也就是说，曾有两个市长仅仅因为宗教游行时走路摔跤或者踉跄[①]而被逮捕。这个好法庭为捍卫人民的权利而勇敢地慷慨激昂，最后全体投票决定驱逐神父。这个我不怕，我怕的是裁缝操家伙来打我。多亏我的精神权威，他们才有所敬畏，不敢动我主基督一指头。

为了阻止这种屡屡发生的该死的胆大妄为之举，我从了解他们的那个时刻起就打定主意和他们唱黑脸。他们非常怕我，即使醉到了发酒疯，见了我还是要使劲躲藏或者逃跑。镇议会一如当初，闹哄哄，醉醺醺。虽然说实话它是非法的，而且这班人都活该被长流万里，可是直到今天还是拿他们没办法。裁缝将会领着那班人马继续统治，这是他热爱乡梓得到的回报。这些人就是小镇的名流。

我是酒神兄弟会的死对头，不能否认，裁缝这么说没错。我对他们一直紧追不舍，如今仍然是不依不饶。为了铲除这一可恨的恶习，我凭借最强有力的新点子和一些特殊手段，我笑他们矛盾百出。先知大卫有言：坐在城门口的谈论我。酒徒也以我为歌曲。[②]如果神与我

① 摔跤和走路踉跄暗指醉酒。

② 见《诗篇》第69章。

们同在，谁能反对？就算包围我们的镇民多至千人也不必害怕。

这个首善之地还附带两个三家村，各有十号人左右。离得稍远的村在北边的山顶上。在这个瞭望台上可以望见阿维拉，目光所及有一大片土地。从这里朝东西两个方向，地势辽阔。但是南边逼仄，因为有一座或许有好望角那么高的山峰挡住了视线。

那个地方土地干燥，所以缺树林，也缺菜地果园。当地人饲养牛羊；他们种的庄稼是黑麦和角豆。他们有个教堂，叫作洗礼教堂。节庆的日子里村民们大吃大喝，跳舞嬉闹，因美酒而欢乐洋洋。如果缺了这不可或缺之物，他们就不会把那圣徒[1]记在心里。庆祝过后有庄严弥撒；但是如果神父不在布道的兴头上，就没有布道，他们也不会为此而跟自己过不去。

村里有水质非常优良的一座泉水池。它的结构类似于一个制作粗糙的带盖大石箱。造这个泉水池的人不需要机械知识和流体静力学知识。那些人相信这是摩尔人造的，但是我从来没有被说服过。摩尔人来自炎热的热带地区，不会选择在这么冷的地方居住。

村的名字叫卡瓦尼亚斯[2]。这个名字或者说它的词源应该是来自他们的房子。房子都是货真价实的木屋。村名也有可能来自牧羊人开始在这个地方居住时所筑的茅舍。虽然它隶属寒江镇，却也有自己的村议会。村有方圆地界，每年要向比利亚维西奥萨侯爵进贡若干母鸡、两头绵羊和四十法内加的黑麦。侯爵现在也是德拉罗嘉伯爵，但他不是这里的领主，因为这里属于王家领地。

另一个三家村位于平原，在西边，出去朝安布莱斯山谷方向。上面说过，这个村叫埃斯卡隆尼亚。离河边不远的地方，可见另一个村落的废墟。人们说村子被废弃是因为有一天庆祝婚礼时不小心把一只

---

① 圣徒指用来命名教堂的洗礼约翰。

② 卡瓦尼亚斯（Cabañas）就是复数形式的木屋，茅舍。

意壁虎[1]和饭菜烧在了一起，村里人全中了毒。

小镇周围可以找到另外三处废墟，据说从前也隶属寒江。有两间山里人住的孤零零的庄屋也同样隶属于这个行政辖区。这两座庄屋相互间距四分之一里格，距离寒江一个是四分之三里格，另外一个是一里格。后者叫拉帕冯纳宫，前者叫赫米格尔之家。我判断拉帕冯纳过去是瞭望台或者堡垒，因为它的遗迹和高地位置使人这么理解。赫米格尔位于谷地，在一条道路中，这条路从阿维拉出发，经鸽房山到米哈雷斯岭和塔拉维拉·德拉·莱伊娜，所以它是旅行者的客栈。这座房子门前有一条相当大的溪流经过，溪上有一座小桥。离这里不远，有通往教堂的路标，这教堂无疑是给山里人和附近两个已成废墟的小村村民举行弥撒用的。

西边另有一座山居，屋里无人居住，离开这里不到半个里格。所有这些地方都是有栎树林和白蜡林的草地，更多用来放牧而不是种庄稼。这是因为寒江人一点儿都不厉害，或者说，是利用这些地方在夏季放养牛、羊、马、猪的人们更有财有势。最后提到的那片山林草地叫克莱门特斯，属于前面提到过的科尔多瓦居民巴尔迪维亚夫人的财产。拉帕冯纳属于阿雷瓦洛侯爵，我不知道他的封号。赫米格尔是一个慈善机构的地产，我不知道它是世俗的还是教会的。拉斯纳瓦斯侯爵在这里的地产也不少。

虽然这个地方多山石多树木很适合打猎，猎物却非常少。我看原因是冰雪。雪持续很长时间，兔子在冰天雪地中从窝里出来也没地方找吃的，就饿死了。盛产的是蛇。蛇长得又大又好。可以知道，虽然使徒圣保罗到过西班牙，他肯定没到这些大山。要是他到过这里的话，或许马耳他岛上发生的事情又会重演，这些可怕的毒蛇肯定会被

---

① 关于意壁虎，西班牙有许多迷信传说，比如说它会咬人啄人，如果朝你吐口水你会头发秃光或者眼睛变瞎，等等，其中包括说它有剧毒。

他作法斩尽杀绝。①

我很怕它们。出来散步到田野上，每走一步都想象自己被咬。我怕它们怕得有时候感到自己已经被咬痛了。它们剥夺了我的冷水澡，而这冷水澡又是那么有利于健康，那么受到现代医生的夸奖。我想这些家伙在水中也是不会放过我的。哪怕有费霍大力赞扬的蛇石做解药，我也不能安心。

我们的安慰是，这里的捕蛇者对它们紧追不舍，就像我抓酒鬼一样。这些大力士的利民之举值得我们感谢。没有他们，毒蛇们要上床来咬我们了。这一行对他们来说也挺好，把毒蛇送到马德里的药铺能换回来几个铜板。当地人不爱喝蛇汤，他们更喜欢羊汤和鸡汤。有一个捕蛇者告诉我，说蛇妈妈生产而死或者生产时身体会撕裂全都是无稽之谈。他铁板钉钉地对我说，他用来装蛇的袋子里这事就发生了好几回，他把蛇宝宝取出来养，然后把它们放到蛇洞里让它们长大。

我觉得应该相信这个人的丰富经验而不是别的人。不管是谁，没经验就是不行；大名鼎鼎的卡诺②就是这样教导我们的。自从我获知关于毒蛇的传说（人们津津乐道）是假的，我就对关于其他不容易详尽观察到的昆虫和动物的故事感到极大的反感，哪怕是普林尼所肯定的。蜜蜂就属于这一类。普林尼也不是轻易相信，照单全收。人们说他肯定的东西，实际上他是反对的。

如果我没弄错的话，我详尽回答了您的调查表。另外，我把一切

① “那时保罗拾起一捆柴，放在火上，有一条毒蛇，因为热跳了出来，咬住他的手。土人看见那毒蛇，悬在他手上，就彼此说，这人必是个凶手，虽然从海里救上来，天理还不容他活着。保罗竟把那毒蛇，甩在火里，并没有受伤。土人想他必要肿起来，或是忽然扑倒死了。看了多时，见他无害，就转念说，他是个神。”(《使徒行传》第 28 章，3—7 节)

② “实践出真知”（non aliis certius contingit scientia, quam hujusmodi rei peritis hominibus）。——原注。梅尔乔·卡诺（1509—1560），西班牙神学家，多明我会教士。这段引文出自他的名著《神学研讨》。

有助于说明我所居住的小镇的信息都包括在这里了。如果它以这个形式刊印面世的话，我预测它将时来运转就并非谵妄，因为印刷机为之开动，并使之在书籍中占一席之地的时刻到了。果真出版的话，我定将大喜过望。这篇《寒江志》是我自己生的孩子，哪怕它是个畸形儿，自己孩子自己喜欢是最自然不过的。这样描述一番并印成铅字，它看起来就不会有面对面看时那么丑陋。

我郑重声明，我洋洋洒洒地信笔写来，目的并不是让人家评定我有能力成为公共作家，而是借此机会缓解放逐之痛，使得因怀才不遇而常流不息的眼泪暂时消停片刻。

枷锁在身自掘墓，
歌吟犹助减悲苦。
（Hoc est cur cant et vinctus,
quoque com pede fosor.）

最后我要说明，您有什么别的吩咐，只要是我能力所及，一定为您效劳。上帝保佑您长命百岁，依您的优点而让您兴旺发达。

跋

1789 年

我们将要与我们的朋友分手道别；我们在这本书里把他一路拖来曳去，也该放过他了。他自己会怎么想呢？亲爱的堂哈辛托·贝哈拉诺·加拉维斯－尼多斯，你留在大山里，你坐拥万卷，你遍览群书。在《爱国情操》里你引用了葛拉西安和莫里哀，他们也是我们热爱的两位作家。莫里哀你引用了他的《无病呻吟》。亲爱的加拉维斯，是什么样的巧合，什么样的宿命，什么样秘密的缘分，使你把那伟大艺术家这部悲伤忧郁的作品中的片段带回到了记忆之中？这正是莫里哀告别人世的作品，是他创作并上演的最后一部作品。演出完毕之后几个钟头——怎样的忍痛拼力啊——莫里哀的生命结束了……而你是这么说的，加拉维斯："念及我身陷穷山恶水，一无出路，不禁悲痛盈怀，如流外溢。"

你日日与书为伴，孤独漫步，徜徉田间，别无其他安慰。你也和庄稼汉谈天，但是你的和蔼可亲并不总是得到同样的善意。庄稼汉粗鲁而且凶悍。你自己也说，很多时候你在他们跟前必须"唱黑脸"；也就是说，尽管你天性温和可亲，也必须装出一副严肃的样子，必须准备好成为这些彪悍的粗人中的头一条汉子……你书读万卷，学富五车，可是读书——这是我们的朋友蒙田很久以前说的话——读书使人悲伤。有一次你借卡恰罗大叔之口说："您总是把自己关在屋里，别人或跳舞，或玩掷石游戏[①]，以此得到消遣。我不懂您怎么能不无聊。读书太多，不能是什么好事。"满腹经纶，忧患随身。但是不读书你能干什么呢？你、我，还有众多的读书人，如果我们不读哲学家、诗人、文士，各色各样的作者，我们能干什么呢？读书：那正是我们的命运。你以为是大山，是阿维拉的大山封住了你的脚步，你以为大山是你的牢笼。牢笼是我们的知识形态，是我们的智力，是书。当你离开了那里，在马德里或萨拉曼卡，你一样会发现自己是个囚徒。你也将是你热爱的书籍的囚徒。我们都是书的囚徒。我们与书共生，始终与之有内在交流；在书上我们炮制我们的爱，我们的恨，我们的幻想，我们的希望；一种特殊的氛围笼罩我们和我们的书……当我们有朝一

① 掷石游戏（La calva），游戏者从一定距离外投掷石块击打短木桩，与掷马蹄铁游戏和套环游戏类似。西班牙的掷石游戏听说起源于古老的凯尔特人。

日想要打破这种氛围，停止我们生命的这一征程，当我们想要投身享受世界的其他方面和其他事物的种种不同滋味的时候，我们将会发现自己无能为力。我们像是迷失了方向；我们的精神或将需要一种新的指南……而感性的指南不是可以一蹴而就的，它有一个时间问题，也有别的情况。最终结果就是我们感到身陷囹圄。我们的牢笼就在书里。

再见，亲爱的贝哈拉诺·加拉维斯！告别的时刻到了。我们共同生活了若干日子，很有可能今生不会重逢。认识你这么一个人，我的心里得到了极大的快乐；真想不到在这里，在一个偏僻的山村里，会遇到这么一位儒雅之士。再见了！再见了！但愿时间，那可怕的时间，对我们稍微仁慈一点。

1916年

在高耸的塔楼里，在墙上，在桌上，在口袋里，大大小小的钟表从不停止前进的脚步。嘀嗒，嘀嗒……走得缓慢，然而，又是飞快！在我们的生命中置入悲伤的是时光流逝的感觉。现在我们深深感觉到的令人欣喜的此刻，我们想要牢牢抓住它，不让它走；然而，它走了，溜了，离我们而去，渐行渐远，终成渺茫，迷失于记忆之中，烟消云散，灭为陈迹。啊！时光流逝的痛苦！从1789年到1916年，钟表轻轻敲击了多少下！转了多少圈子！在我们写作本书的各个时刻，多少次我们差点要踏上阿维拉的寒江之旅。那个小镇里连贝哈拉诺·加拉维斯的哪怕一丝痕迹也已经没有了吧……贝哈拉诺·加拉维斯？此人是谁？这两个姓氏唤起什么样的现实？寒江之旅终究也没有成行。但是我们在想象中从马德里跑到了阿维拉，又从阿维拉到了寒江镇。凭着想象我们进了一座古城；然后我们在教堂对面的小客栈住下；第二天一大早，一辆破车拉着我们在弯弯绕绕的崎岖山路上颠簸而行，到了寒江。在寒江，我们流连忘返地停留了几个钟头，我们见识了小镇的陋巷，我们向田野投去了匆匆一瞥。为什么要真去旅行呢？生活中有那么一个时刻，我们发现现实的意象要好过现实本身。我们说不准，内心深处这一发现带给我们的是悲是喜。（喜，可是我们的好奇心不是减少了吗？悲，可是我们的超然心态不也使我们在事物中看到从前不曾看到的新面目吗？）阿维拉山脉中的小镇意象比小镇本身好。一个多世纪前曾有一人居于其中的一处陋室，那里的他已经荡然无存。寒江镇不能够告诉我们什么，但是它的意象对我们有所暗示启发。人生流水年，沧海变桑田……地点也一样。茹贝尔[①]在《思想录》里说："地点像人一样，虽然看似常在，却有生有死。"地点是我们的感性；一个牵动并引导人类感性的地方，当时间熄灭了该地点带来精神激动的诸多因缘，那么它对我们来说也就什么也不是了。地点像人一样，有生有死。虽然阿维拉的寒江镇曾经是现实，但是它却已经不存在了。只有它的意象保留在我们灵魂深处。我们从未见过的事物的一个意象；一个转瞬即逝、如同梦境的意象：我们想要牢记然而最终忘却的东西的一种意象……

---

① 约瑟夫·茹贝尔（1754—1824），法国道学家，散文作家。早年接触百科全书派人士。一生未曾著作，但是写下大量书信和笔记。他的名声来自他死后由好友夏多布里昂编辑出版的《思想录》一书。书中论及人生本质、文学艺术等题目，思想有伊壁鸠鲁主义倾向，风格上喜欢使用辛辣犀利的格言警句。

西班牙一小时（1560—1590）[①]

①《西班牙一小时》是阿索林被选入西班牙皇家语言学院时的演讲致辞。

序

院士先生们：

我首先应该说的是致谢之辞。衷心感谢诸位投了我的票。你们代表着西班牙的文学传统，这也是我一直以绵薄之力尽心效忠的传统。我敬爱诸位，跻身诸位中间就是跻身于同道之中。你们所感受的热忱我也感同身受。一个业者对自己行业的热爱，不论对艺术还是手工业来说，都是至关重要的。不论我们从事什么行当，不论其大小，最关键的是以真挚之爱去敬业。一家小手工作坊里的普通工人，钟情自己的手艺，热爱自己的工作，撇开作品本身不论，他和最著名的艺术家一样值得钦佩。诸位热爱祖国的文学，熟悉语言的精粹之美，也关心艺术问题。忝列于你们中间，我怎不感到心满意足？在西班牙的小山村里，我曾多次注意铁匠、木匠还有织工在自己的作坊里劳动。在现代社会里，这些精细而耐心的手艺正在迅速消失。在那些乡镇作坊里，我赞赏匠人们对自己行业的热爱，赞赏他们的精工细作和历久弥新的激情。通常情况下，那些都是家庭作坊，气氛亲密，和整个小村庄的传统气氛浑然天成。父传子承的传统逐渐形成于这些行业，慢慢地发展出一套规矩、手艺和诀窍，造就了许多行家里手。这些普通工匠的好手艺，这种对工作的热爱，也正是我这个作坊观察者对文学艺术家的期待。文人的作品应该是毅力和挚爱。在座的诸位与肤浅的及时行乐者不同，诸位代表着对美学理想的坚持和对精神享受的尊崇。代表这一传统的也包括学院之外为我们大家所尊崇的其他作家，这个小小集体的成员来自五湖四海，我的前任就是一位从政出身的学者。

堂胡安·纳瓦罗－雷威尔特是一位人情练达、谙熟世事的政治家。

我最后一次看到他是在一家高级沙龙里，那情景至今犹历历在目。他身材挺拔，风度翩翩，在打蜡的地板上踱着碎步。空间很开阔。不远处就是大海。偌大的客厅里高朋满座，谈笑甚欢。优雅美丽的女士在男士中间穿梭。堂胡安·纳瓦罗－雷威尔特和蔼可亲、满面笑容地对着一位美丽的女士。他嘴唇上挂着天生知书达理者那种永远的微笑。他年事已高，头发如皑皑白雪，在毛毛糙糙的年轻人面前显露出慈父般的容忍大度。堂胡安关怀备至地弓着身子，伸手握住了那位美丽女士的手。他双手握住她的手，温柔地抚摸着。同时，他还一边微笑一边讲话。他的话语含蓄谨慎。谈话真是一门困难的艺术。堂胡安·纳瓦罗－雷威尔特是一位微妙而有分寸的交谈者。他历经沧桑，遍游世界，出任过四五次部长。他曾把自己的旅行见闻记录在一本书里。一旦从营营役役的俗务中分身出来，他也雅好辞章。他写过一本关于一位同辈诗人的书。但是堂胡安从不以博学自诩，也从不吹嘘自己掌握了文学艺术的秘密。他温文尔雅、轻言细语地和他面前的美丽女士娓娓而谈。整个大厅充满了欢声笑语。海风从宽大的窗户习习而入。时间静静流淌。在生命的此时此刻，面对大海，面对无边无际的蓝色海洋，在蔚蓝的天空下，精神陷入了沉思。我们摒弃周遭的现实。在这个世俗的聚会里，恰恰就在这宜人而轻浮的旋涡里，精神恍兮惚兮，超越了尘世。当前的世界消失了。想象力暂时脱离现实事物，开始飞翔。我们在哪里？广阔的大海和天空昭示我们什么？我们身处二十世纪还是昔日的西班牙？时间是什么？永恒又是什么？永恒！永恒！大厅里响起了贝多芬的一首奏鸣曲。人生如同影子的影子，在世界上出现片刻然后消散。在永恒之中，在时间之外——如果诸位容忍我这么说，我们这些二十世纪的人类，和譬如十六世纪的人类，其实是一回事。如果从未来回顾，我们和四个世纪前的祖先看起来就是比肩而立的。我们有着相同的内心挣扎和矛盾。在这一黄昏时刻，面对大海，我们脱尘而出，恍若回到了十六世纪的人类身边。大厅里的先生和女士们消失了。而另外一些生命——那些历史上业已消失的生命——却回来了。对时间和永恒的思考造就了奇迹。在精神的视线面前，最先出现的将是什么？演出就要开始了。舞台——历史舞台——的帷幕缓缓升起。我们处在1560年、1570年还是1590年？我们正在经历的是西班牙的一小时，这是我们面对辽阔的大海凭借想象力而体验到的西班牙生活的一小时。

一、一位老者[①]

我们首先看到的是房间里的一位老者。房间位于一座灰石砌成的巨型建筑里。这一庞然大物连绵、巍峨、平滑的外墙上可见数百扇小窗。晴朗的日子里碧空如洗。屋顶有些发黑，燕子不停地围绕着高高的塔楼轻盈翻飞。阳光透过数百扇小窗照进大楼里那众多的起居室、卧房、大厅和走廊。在石头的拱顶下，脚步声听起来格外响亮。这座巨大的建筑物是周围全部风景的交会点。山势严峻。树林覆盖，群山如黛。或尖或圆的岩石从那片墨绿中有力地探出头来。所有的风景，不管是色彩还是线条，都使那巨大建筑物显得愈发雄伟坚固。地平线之外是一个向四面八方扩展的幅员辽阔的强大帝国。这强大的帝国和这座伟大的建筑，和这座伟大建筑里那个小小的房间，有着难分难解的关联。各色人群在世界的每一条路上前进，他们跨过大海、平原、高山。这些人或者前往那巨大的王宫觐谒，或者已经朝毕归来。在这安逸清明的黄昏时刻，在象征着无上权力的建筑之上，燕子绕着塔楼飞旋，发出凄厉的尖叫。

---

① 这位老者是西班牙国王菲利佩二世。本文提到的宫殿是马德里附近的爱斯克里亚尔皇家修道院。

老人在自己的房间里。小门紧闭。走廊上和客房里是熙来攘往的访客及其侍从。从院子到院子，从走廊到走廊，从大厅到大厅，人越来越少。随着人数的减少，脚步越来越慢，声音也越来越小。那一长串宽敞的客房里逐渐住满了访客。在老人房间旁边的客厅里，只剩下为数不多的骑士和仆从。小门紧闭。老人坐在一张铺着绯红色桌布的桌前。一只银铃铛在红色的桌巾上闪闪发亮。老人暂时放下手里的文件。坐在太师椅里的他肘倚扶手，以手支颐。这位老人面孔白皙，胡子也是一色雪白。他明亮的蓝眼睛里流露着深深的愁绪。他在休憩，在沉思。悲伤让他无所适从。所有的不幸，所有的痛苦，所有的困难，都纠结在一起，要把他压倒。在室内，桌子对面的神龛里有一座小小的圣母雕像。这雕像五十年来一直随时随地陪伴着老人。年复一年，日复一日，圣母一直目睹老人所有的行为，耳闻老人所有的言语。老人抬眼向圣母像望去，目光炽热。死神已经从他身边把他最爱的人一个个带走了。亲人、朋友、义仆相继凋零，离他而去。关于这位老人，巴尔塔萨·波雷诺[①]是这样说的："他亲历了所有亲爱之人的死亡：父母，子女，妻子，密友，重要的仆人和下属；他还经历了巨大的物质损失；他如此心平气和地承受这些打击和危难，令人叹服。"不久前，有人向老人通告一位忠仆的死讯。他凝视着圣像从座椅上站了起来。他的胸前，一根细细的丝带上挂着的小金羊[②]，在黑色天鹅绒紧身马甲映衬下，光彩夺目。老人起身而立，在圣像前面跪了下去。他用一块细手绢把眼泪擦干。突然，门开了，门外是一位骑士。老人迅速起身，稍显惊讶和不悦。门口的骑士一动不动，僵硬严肃，

① 巴尔塔萨·波雷诺（1569—1639），西班牙神父，人文主义学者，历史学家。众多的著作中包括《菲利佩二世言行录》。

② 小金羊是金羊毛骑士团的标志物。该骑士团由勃艮第公国的菲利浦三世创立于1430年，庆祝他自己与葡萄牙公主伊萨贝拉的大婚。金羊毛骑士团现在分成西班牙（波旁家族）和奥地利（哈布斯堡家族）两支。

脸上一片死灰。老人也没动，脸色同样惨白。他的目光凝视着门口的骑士。那位骑士不敢稍动。老人的手微微颤抖，他缓慢地，缓慢地说道：“贝纳维德斯，您回阿维拉的家休息去吧！”那位骑士深深地鞠了一躬退身而出。房间的门再次紧闭。

二、宫人

可怜的宫人们活得一点都不轻松。王宫的院子里、走廊上、大厅里到处都是朝臣和仆从。他们殷勤备至，动作轻捷，来来往往。在接待客人的前厅里，他们或窃窃私语，或一言不发，长久地等候着。累了的时候，如果是站着不能坐下，他们就只好把身体重量移到一条腿上休息，然后再换另一条腿。为了排遣郁闷，他们会漫无目的地望向窗外，或者注视一幅已经看过千百遍的图画。每个人各司其职，各就其位，也各有各的权利。有些人在临街的大门或内室门口守候；有些人打理酒水、面包、洗漱、灯烛；还有人负责王家出巡旅行事宜。大小礼仪的繁文缛节落在深宫遥不可及的宫人身上。可怜的宫人的生活是漫长的劳累。他们总是仰主人鼻息，看主人眼色。如果主人微笑，他们就哈哈大笑；如果主人略显悲伤，他们就假装哭泣。小人物的注意力不能有片刻的疏忽。一切都要依照复杂的规矩仪式行事。一个物件，从一双手转到另一双手，必须有条不紊；然后再由这双手同样有条不紊地传给下一双手。最后才是国王，他也许带着些许疲倦，无动于衷地伸手接过那个物件，而那个物件很可能已经没用了。

每个门口都有仆人。有些仆人有著冠戴帽的权利，而另外一些仆人则没有这种权利。有些人有权走在国王之前，另外一些却必须跟在他身后。最微小的赏赐都会被感激涕零地接受。如果国王因为不经意或者出于礼貌命令一位朝臣戴上帽子，后者就会受宠若惊地谢主隆恩。这事在《爱尔那尼》[①]里发生过，在《加西亚·德·卡斯塔尼亚尔》[②]也发生过。可怜的宫人们得不到休息。离开朝臣和宫人，国王寸步难行。洛佩的喜剧《如果女人们看不见！》第一场第九幕里讲到一个皇帝出去狩猎，随行的有一大队朝臣、住宿官、粮草官，还有厨师。剧中的一个人物说道：

先生，我追随国王，
即便只有一天开心，
人们也把我敬重。

克里斯托瓦尔·德·卡斯提列霍在《宫廷生活的对话和评述》里向我们讲述了宫中仆人的各项工作。国王出游是最最令人头痛的。有时候出巡人马不得不在乡野小镇驻跸，不是每个人都有地方睡觉。有时候，在路边“租赁的马车里十五个人”挤成一团。到了村庄后，他们会在“草垛或角落里”歇脚。不管在城里还是在路上，他们必须时刻有备无患、兢兢业业、小心周到。他们必须：

从大厅到礼拜堂，
随着门房的话音，
跟着铃铛的响声，
走来走去匆匆忙。

---

① 《爱尔那尼》是法国作家维克多·雨果的一部以西班牙宫廷为背景的五幕戏剧。
② 《加西亚·德·卡斯塔尼亚尔》是十七世纪西班牙剧作家弗朗西斯科·德·罗哈斯的戏剧。剧本的全名是《国王之下再无他人或曰最正直的农民加西亚·德·卡斯塔尼亚尔》。

三、虔诚

老人走出房间，来到花园。他左手握着一串念珠；右手时不时地触摸系在腰带上的几张纸片。老人在园中止步。他站着观看风景。宫人们一动不动，略为保持距离。老人祈祷沉思。黄昏步步临近。生命短暂而脆弱。这里的一切都昭示着坚固和持久：巨大的建筑，巍峨黝黑的山峦，茂盛茁壮的树木。对于一个沉思者来说，世上的一切都让他想到生命短暂易逝。一丝风，病人的一口气，一罐水，都有可能让我们想到死亡。死亡在整个宇宙运作，永不停歇。在花园里，老人面对风景，手持念珠，祈祷沉思。他的眼睛注视着远方，漫无目的。周围所有的景物都言说着力量和权威。而这一切正在毫不停留地走向虚无寂灭。辽阔强大的西班牙帝国，几个世纪后还能剩下什么？世上的万邦列国，千万年之后，它们的结局又会如何？黄昏降临，无限美好。前赴后继的时间，无量的时间；世上的万邦列国将在时间中颠簸起伏地兴兴衰衰，犹如日暮时刻围绕着高塔翻飞的燕子，轻快如过眼云烟。若干年以后，一位教士将要写作一篇论时间和永恒的文章。世界莽莽有时尽，罪人之苦永不绝。自从天地初始之时第一个人遭受天谴，斗转星移，世事变迁，罪人的命运却没有任何变动。帝国更替，于罪人而言不过是昙花一现。亚述人来这个世上走了一遭，也没有逃脱天谴。“最后，整个王朝和所有的势力都转移到了米底亚人手里。米底亚人把亚洲搅得天翻地覆；他们尽管持续了三百年，最后也归于沦亡，权力转移到了波斯人手中。后来转到了希腊人那里，世界再次天翻地覆。然后，权力转移到了罗马人手中，变迁比以往任何时候都大，但是罗马人的王朝也最终覆灭了。世上的变化天翻地覆，而罪人的可怜境地却没有任何更改。”[1]一切都走向虚无。如果我们能够在某一时刻窥见宇宙随时间解体的过程，我们将会在飞扬的尘土和熊熊的火焰之间看到断壁残垣，看到支离破碎的雕像和王座，还有权杖、白骨、锦缎、珠宝、摇篮和棺材……它们转成一个可怕的漩涡，混乱不堪地奔向永恒。老人沉思祈祷。突然，他做了个轻微的手势。一位宫人毕恭毕敬地走过来。老人轻声命令道：“告诉贝纳维德斯，让他不要离开我。”

四、掌握秘密的人[2]

每天下午接近黄昏的时候，这位骑士都会出门。骑士已经垂垂老矣。他的居所绿树环绕。春夏两季，房子藏在绿叶掩映之间，不见屋顶。从屋前的路上可以隐约望见远处黑色的城墙之间耸立的城市。大教堂的塔楼凌驾于众多的房屋、拱顶和钟楼之上。黑石的山上，阿维拉城正在午后的静谧中安息。秋日裸露的田野，似褐色的柔波一直延伸到远处的蓝色群山。

骑士出了家门，慢悠悠地走在路上。他手握一串念珠，小心翼翼地举在胸前，左手拇指肚停在一颗珠子上。这位缓缓而行的骑士年事已高；他早已退出宫廷，舍弃虚荣。从前他生活在宫中，他的父亲曾是王家老仆，他自己也一辈子侍候国王。国王还是孩子的时候，他就在内室侍候他。他给他穿衣，揣摩他的一切欲求，时刻不离他左右。这位老人见过没人见过的事，烧过没人读过的字纸，听过没人听过的话。巨大的秘密沉重地压着君主。这些秘密像坚固的城墙一样围绕着国王这个人物。历史学家、批评家和诗人可以说数百年来一直以不同的方式热情地致力于用自己的镐斧凿开这无形的城墙。有时，墙的碎

① 出自耶稣会教士胡安·欧塞维奥·尼伦伯格（1595—1658）所著的《时间与永恒之别》一书。
② 本章描写的老人应该是前面提到的贝纳维德斯，菲利佩二世的臣子，封地在阿维拉。

片会剥落下来，一缕光线似乎从缝隙中穿透而出。但是，那伟大的围墙依然屹立，随着时间的推移，镐斧敲击墙头的声音又重新响起。在深宫里，就在历史事件发生的同时，宫人们围着这些巨大的秘密而动。宫人们窃窃私语；他们盯着一扇扇门，随后偶尔会耳语几句。他们会把同伴拉到走廊的尽头或者窗边再说出可怕的秘密。再晚一些时候，等他们离开王宫，他们会在自己家中舒适的氛围里自由自在地谈话，大谈特谈宫廷秘闻。和后世的历史学家和批评家一样，这些当时的人们也想探究秘密，从神秘之中寻找难得的事实真相。有的人得以掌握了一小片事实；有的人吹嘘掌握了全部的事实，尽管他们手里其实只有道听途说的只言片语；也有人断言不存在什么可怕的秘密，一切发生的事件都自然而然，合情合理。有时候，所有的人都会反复这么说。而与此同时，那惊世骇俗的秘密走出王宫，走向未来，行进在寻找未来的路上，不可破解。

然而，在王宫里，有一个人，一个平凡的朝圣者，看见了一切，听见了一切。对他而言，秘密并不存在，现实一清二楚，明明白白。这位在田野间踽踽独行的老人从国王童年时代起就服侍他。当大人物们撤下庄严的架子放松警惕的时候，这位老人听到过国王说话。大人物——不管是君王还是艺术家——整天一丝不苟地扮演着自己的角色，从头到脚一身庄重。而这种姿态会劳心劳力，即便那是从幼年起就养成的习惯也不能不令人懊恼。最后，在僻静的房间里，在私密的时刻，僵硬的架子消失了，大人物此时此刻的言行举止都是外人闻所未闻的。向城里走去的老人，他的一生在国王的寝宫里见证了世界上最强大的君王那些忘乎所以的时刻。他默不出声，沉着收敛，专心致志；他的眼睛看见了一切，他的耳朵听到了一切。他的忠诚可靠牢不可破。那些数百年来流传的秘密对他来说不是什么秘密；他从不要求荣华富贵。当他感到年老体衰的时候，他请求国王准他告老还乡，在阿维拉城退隐一隅。他从主人那里保存下一个动作：念珠握于胸前，左手拇指肚放在一颗念珠上。

五、多样性

西班牙很大。西西里岛和撒丁岛随阿拉贡王国一起纳入卡斯蒂利亚王室。冈萨罗·德·科尔多瓦[1]又赢得了那不勒斯。美男子菲利佩一世和堂娜胡安娜缔结的婚姻又把荷兰给了我们。西斯内罗斯征服了许多非洲的土地。卡洛斯五世让米兰公国俯首称臣。西班牙人还发现了一个广袤的新大陆。西班牙的诸王国、领地、区域和城邦之间千差万别。即使在伊比利亚半岛本土之内，我们目光所及之处也是千姿百态，差异纷呈。历史学家卡诺瓦斯·德·卡斯蒂略在论述西班牙大一统初始时的伟大性之后，补充说："接受统一的时候，每个地区还和以前一样，保留了自己的习俗、特征、法律和相异相反的传统。而且，并不是所有的城邦都地位相同：有些高贵，有些稍逊；有些自由，有些如同奴隶。统一是通过不同方式达成的，巴斯克地区是心甘情愿地归顺，卡斯蒂利亚和莱昂、阿拉贡和加泰罗尼亚是通过联姻，被摩尔人占据的巴伦西亚和格拉纳达是通过武力，而纳瓦拉一半靠武力一半靠法律。不仅如此，在同一个行省里，不同城镇有不同法典，不同阶级也有不同的律例。西班牙所代表的其实就是一个法律和义务、风俗和习惯、特权和豁免权的大杂烩，这说起来容易，却很难分析归纳。"

构成西班牙的风景千差万别。西班牙的历史是激情遭遇的永久骚动。国内精神氛围的多样性和地理的异质性一样大。不同的城市和

① 冈萨罗·德·科尔多瓦（1453—1515），西班牙军人，参加过征服格拉纳达的战争，也是意大利战争中西班牙军队的重要指挥，人称现代阵地战之父。

阶级都自成一体，为自己而战。中世纪有过许许多多“兄弟会”。“兄弟会”是市政和议会为了保卫自己的法律和特权而组成的联盟和洪达（委员会）。独立战争[1]就有许多洪达的参与。它们在十九世纪颇有作为。巴尔梅斯[2]于 1844 年写道：“不能否定，西班牙从 1834 年起展示在世人面前的壮举，很少有别的国家能做到。无论何地，随便一声呐喊就会成立一个洪达，提出一个纲领，起义的人民就会宣告独立，并且号召全国跟进仿效。消息四传；群情激动；城市接二连三地宣布独立；不出几天，最高政府目光所及，发现自己的势力范围已经太小，因而不得不弃权投降。另一些人掌了权，发表宣言，诸洪达庆贺胜利；新政府下令洪达解散，它们服从命令。壮举落下帷幕。”

封建主义一直深入至现代社会。天主教双王[3]成立了一个人民党以对抗封建制度。他们以圣兄弟会来支持这一新党。西斯内罗斯[4]求助于人民来对抗封建主。1515 年到 1516 年的摄政期间，他创立了一个民兵组织支持自己。十九世纪的诸多人民党都建立了城市民兵组织。处在多元异质的国度里，权力总要寻求支持。我们已经说过，和地理环境一样，西班牙的风俗氛围也是多种多样。西班牙拥有多元的地理，这里能观赏到欧洲所有的风景。我们既有迷雾朦胧的浪漫主义的风景，还有光明灿烂的古典主义的风景。卡斯蒂利亚、巴斯克地区和莱万特地区[5]为我们提供了浪漫和古典的风景。平原地区蓝天下挺拔的

---

① 指十九世纪初抵抗拿破仑入侵的西班牙民族独立战争。

② 海梅·巴尔梅斯（1810—1848），西班牙哲学家，捍卫天主教，以《新教和天主教与欧洲文明关系之比较》闻名。

③ 特指教皇敕封的天主教双王，卡斯蒂利亚王国的伊萨贝尔和阿拉贡王国的费尔南多。

④ 西斯内罗斯（1436—1517），西班牙重要政治宗教人物，红衣主教。他和阿拉贡国王费尔南多制定的政策带来西班牙的崛起。此外，在创办大学，印刷多语种《圣经》等文化事业方面，他也是一个重要的历史人物。

⑤ 莱万特泛指西班牙东部地中海地区，主要是巴伦西亚和穆尔西亚。

白杨林和巴斯克地区碧绿茂盛的植被一样美丽。西班牙的植被物种极其丰富。覆盖欧洲的两万多种植物，伊比利亚半岛就占了一万种。即便同一物种也有明显的地区差异。薰衣草，所谓的上帝之花，在东部干燥而优雅的小山上是浅紫色的，而在瓜达拉马峻峭而高耸的山上却是深紫色的；在莱万特优雅可爱的植物，在卡斯蒂利亚却显得严厉不苟。

六、阿维拉

阿维拉在西班牙所有的城市中最具有十六世纪特征。它被称为“骑士之城阿维拉”。城市人口不多。城墙带八十八座塔楼，环绕着屋舍楼阁，形成一个完全封闭的环境。阿维拉最精美的宫殿都兴建于十六世纪，但是也有十五世纪的古迹。城里的一切都让人想起菲利佩二世和天主教双王。菲利佩二世对阿维拉情有独钟，他下令在城里建造了“称面粉店”和“肉店”。[①]天主教双王建造了圣托马斯修道院——堪比托莱多的“圣胡安双王修道院”，而且还把阿维拉定为王室避暑胜地。阿维拉城和菲利佩二世的性格特点很相符合。建筑物的石头都是紫色泛灰，城里的一切都显得严峻高贵。阿维拉封闭的环境逐渐积淀凝聚出一种热情和激动的氛围。骑士们主宰城市。人人热衷政治。人人熟悉公民生活。几乎不存在平民意义上的大众。大家差不多都是贵族。阿维拉让人觉得是哥特式的雅典城。在广场和街头里巷实践政治的热情体现于众多的起义、暴动、颠覆集会、革命联盟和洪达。阿维拉城有庇护年幼君主的传统，它像母亲一样保护幼年的国王们。可以说，当阿维拉侮辱恩里克四世的肖像时，当它庇护年幼国王时，它肯定以为

① 阿维拉城墙是西班牙保存最好的古城墙。古城墙共有九道门，其中之一叫作“称面粉门”，旁边还有肉店。

自己高于君王。国王们经由阿维拉退出帝王生活，没有阿维拉他们也无法登基为王。这种自主独立的色彩使我们对这座城市的精神有了更加深入的了解。市民们生活在对公共事务的不断关注之中。精神时刻准备着行动。思想迅速地转化成行动。阿维拉人曾请求菲利佩二世撤销对他们的法律措施而遭到过他的拒绝。后者说："因为他们被教导得言出必行，不用多久他们就会有所行动。"阿维拉掌管着整个卡斯蒂利亚的粮仓、打谷场和市场。他们有衡量谷物的特权；通过"阿维拉标准"他们控制了商人和农民。据说，阿维拉还有战斗时领兵冲锋在前的权利。

我们不想在对阿维拉的描述中略过那些古老的版画：空旷的广场上只有一位头戴圆筒帽的绅士和一位身穿大撑裙手持阳伞的女士。一本1863年的旅游手册说，阿维拉有以下这些街道：巴鲁埃科斯街、骑士街、谷粒街、刀铺街、断头街、雕刻师街、三杯街、生死街、瓦场街。火车在1863年还是新鲜事物；客运马车仍然在跑。手册上说："去往马德里的马车单日早上八点出发，双日下午五时抵达本城。"阿维拉有四五家客栈："星星客栈""水果客栈""狐狸客栈"和"大桥客栈"。这个城里的居民在"娱乐圈""阿维拉联盟"和"阿维拉艺术曙光"这些地方寻欢作乐。阿维拉还有很多小广场。小广场是西班牙古城的魅力之所在。阿维拉许多建筑的石头都是灰色的。如今这些广场空旷寂静。石头的灰色使天空显得更加蔚蓝。阿维拉有以下这些广场："大教堂广场""集市广场""阳泉广场""马加纳广场""奥加纳广场""佩德罗·达维拉广场""水罐广场""圆台广场""母牛广场""小国王""那维约广场""苏拉金广场"……夸德拉多[1]说："不管旅人从哪座城门进入阿维拉，等待他的那些广场，还有它们

① 何塞·玛利亚·夸德拉多（1819—1896），西班牙作家，历史学家。引文来自他的《西班牙的名胜古迹、艺术、自然和历史》一书。

的灰石建筑，它们的孤独寂寞，我不知道这些会给他带来何种忧郁的魅力。”

旅游手册作者还向我们讲述了西班牙的王公贵族在阿维拉的管家们，包括他们的姓名和地址。下述家族 1863 年时在阿维拉有管家：法国人的皇后陛下[①]、阿夫兰特斯公爵、阿尔瓦公爵、梅迪纳塞利公爵、罗加公爵、塔马梅斯公爵；塞拉尔沃侯爵、富恩特索尔侯爵、奥别耶科侯爵、圣·米格尔·德克罗斯侯爵；坎波马内斯伯爵、帕森特伯爵、波兰提诺伯爵、苏坡鲁达伯爵、托雷阿利亚斯伯爵、蒙蒂霍女伯爵。阿维拉的族徽随处可见，数不胜数。房子正面，门上，柱头上，楼房转角处，到处都是。有族徽的家族包括埃雷迪亚，阿库尼亚，巴桑，穆希卡，贝拉，格瓦拉，布兰卡蒙特，卡斯特里约，撒拉萨尔，塞佩达和阿乌马达。阿维拉是骑士之城。整个城市都热衷于公共政治生活。在阿维拉生命的某个时刻，这种状态升华为一个有力而辉煌的类型——圣特雷莎·德·赫苏斯[②]；在这种典范里，行动的目的不再囿于短浅的尘世，而是与普遍的精神追求联手；在这种典范里，贵族精神达到了最崇高、最精微的表现：洗尽铅华的优雅。

七、信使

信使走在西班牙的道路上，翻山越岭，抄近路，取捷径。他从北方沿海走向马德里和埃斯科里亚尔宫。他走得比驿道上的马车还要轻快。他背上的皮包里装了厚厚一卷纸。那皮包带来的一定是坏消

① 欧仁尼·德·蒙蒂霍（1826—1920），有苏格兰血统的西班牙贵族，拿破仑三世的妻子。法兰西第二帝国皇帝拿破仑三世的称号是“法国人的皇帝”，其妻子的称号是“法国人的皇后”。

② 圣特雷莎·德·赫苏斯（1515—1582），生于阿维拉，又被称为阿维拉的特雷莎，是西班牙十六世纪的修女，西班牙神秘主义的代表人物，著有《自传》《完美之路》《居所或曰内心的城堡》《建寺纪历》等书。1622 年被封为圣徒，1970 年被封为教会圣师。

息。信使疾步如飞，几乎脚不着地。在远离西班牙的地方，在异国的海边，汹涌的大海把索具、木板、桅杆——那貌似无敌的舰队的残片——吐到沙滩和岩石上。信使疾步如飞。他把北方灰色的天空和绿色的田野逐渐甩在了身后。入夜以后，信使来到了一家客栈，准备休息。背包里的可怕消息他也略知一二。他面露悲容。周围的人们问他为何悲伤。不幸的消息于是传了开去。一位退隐还家的骑士也正好在场。后来家人们议论西班牙的不幸遭遇时，这位骑士望着自己的马具盔甲，满面忧伤。天刚刚亮，信使便背着皮包离开了客栈。他跋山涉水，跨过平原，一直不停地向前。树荫与他无缘，牧人的小屋也不能让他驻足。夜里他歇息几个钟头，天不亮就重新上路。他朝埃斯科里亚尔宫和马德里的方向行走。在异国的海滩上，随着滚滚波涛，木板、索具、桅杆，那被敌人嘲讽地称为“无敌”舰队的残片，在白沙和绿藻间晃动。信使走到哪里，哪里就留下一丝悲伤的痕迹。不幸的消息不久就传遍了整个西班牙。在埃斯科里亚尔宫，在马德里，一位老人会在圣母像前长跪不起。他的面容会痛苦悲伤。西班牙至关重要的一个小时要被敲响了。历史是否会为西班牙提供另一个视角？没人知道西班牙的历史在哪一钟点被划为两个时代。但是，信使揣在背包里的这个消息将会使那位足不出户的老人沉思。整个西班牙都将陷入沉思。未来留给西班牙的将是什么命运？祖国会再次繁荣昌盛还是命中注定化为废墟？一个新世界被发现了；西班牙在创造另一个伟大的祖国。即使在这些悲伤失意的日子里，西班牙也仍然是欧洲生命力最强大的国家。信使翻山越岭，疾步如飞，几乎脚不着地。如果他囊中携带的是幸福快乐，也许他就不会这么急着赶路。不幸总是传播得更快。灾难刚一发生，消息就在西班牙帝国四面八方飞传开来。

八、一位修士①

一位修士从僧房的窗户里探出身来，就在我们前面提到的老者在庞大的建筑群前的花园里祈祷沉思的同一个黄昏时刻。这位修士也是一位上了岁数的老者。他身穿黑白僧袍，眼睛几乎什么都看不清了。因为几近目盲，他把字写在彩色的纸上，这样容易识别。僧房简陋。墙上的几幅神像，修士已经看了一辈子。因为太过喜爱，对画中的形象太过虔诚，他叫人把那些画的框子涂成绿色，这样他就依然能够分辨大概。修士几乎什么也看不见。僧房里几乎一无长物。他把一生用来写作，布道，劝世。也许他曾经对本教派的那些捣乱者稍微严厉了点。他本来可以成就丰功伟绩，然而他无欲无求。和塞万提斯一样，写作是他的最高需求。他的桌上有一部自己的著作，题目是《祈祷与沉思之书》。和塞万提斯一样，修士的写作风格简洁明了、自然流畅。写作的时候，他总是全神贯注。那神圣的情感！这小老头和塞万提斯可能是在作品中倾注最多情感的两位大作家。他们健笔如飞而不稍停，他们思若泉涌而不自觉。他们的话激情似火，神采飞扬，精妙入微，饱含温柔。他们用最简单的词语传达一切。修士倚身窗台。没有人能像他那样赋予我们时间和永恒的深邃之感。田野逐渐微茫暗淡。这年老体衰、业已半盲的小老头，他看不见暮光中开始闪烁的星星。他抬起头来，嘴唇略为嚅动。尘世的肉眼看不见天上的星星，但是灵魂已经接近最终的解脱。不久，他的灵魂就会升达昊天，越过灿

① 本章描写的是修士路易斯·德·格拉纳达（1505—1588），多明我会苦行僧，神学家，作家。他一生的主要工作是布道和写作。路易斯·德·格拉纳达曾被授予大主教、红衣主教等高级神职而坚辞不就。《祈祷与沉思之书》（常被简称为《祈祷之书》）和《罪人指南》是他众多著作中最有名的两部，在天主教世界广为流传。《罪人指南》因其纯正而平易近人的语言风格而被视为西班牙文学经典。

烂星光，飞向永恒。

九、风格

作家各有风格。作家都为自己的风格辩护。而一切为风格而做的辩护也都是一种自我告白。风格问题究竟何在？是词汇还是句法？词汇丰富的作家可能行文烦琐；而要言不烦、句法精准的作家也许笔调沉闷。文学领域极其宽广。词汇丰富、句法变化有致的作家可以成就令人激赏的风格。事实上，我们也的确敬佩洛佩和克维多。《祈祷之书》的作者却运用流行语汇，通过遣词的节制而成功地赋予造句一种精致的感觉。风格说到底不过是作者对事物的反应。风格是情调。《祈祷之书》作者关于风格的美学思想见于其《修辞学》一书。他的观点是，风格即自然。他说："我告诫大家要像航海者绕过暗礁那样尽量避免隐晦的词汇，对奇技淫巧要保持一定的怀疑态度。"十六世纪关于风格的伟大定义从理论和实践上都来自《祈祷之书》的作者。众才兼具、姿态多变的洛佩·德·维加在风格方面和戏剧技巧方面要解决的其实是同一个问题；在戏剧领域他义无反顾、毫不含糊地主张通俗化；在文体方面他却一生犹豫不定，从天然直白很快转化到雍容典雅。洛佩的旷世天才在两个极端之间荡着秋千。这真是非常有趣的演出：在诗人浩瀚而斑驳的作品里我们欣赏到的就是那种诡异的变化。玲珑典雅，精致细腻，一行一行，洛佩的诗达到了最精妙的警句主义（Conceptismo）。但是他戛然而止，而这是他的自发性和通俗感造成的。于是他的笔端生出短歌、俏皮话，还有对警句和典雅之风的滑稽模仿。洛佩最有价值的无疑是他的通俗性。在这方面他是楷模和大师。风格中首要的是清晰。思路清晰的人下笔才能条理分明。洛佩在他的剧作中对此多有表达。《国王的最大美德》里一个人物如是说：

话说不好却又理解通透，
这句话隐含着自相矛盾。

那部美妙的《桥边的胡安娜》第一幕第六场讲到一位拉丁语学者：

他的毛病是拐弯抹角，
这是西班牙人的专长，
明知太阳受万人景仰，
正是因为它光明正大。

西班牙文人墨客的最大缺点实际上就是“拐弯抹角”。在《拉皮条的女人》第一场里，巴尔梅诺对那位好妈妈说：“我不在乎你说什么，因为如果是好事，实际好事优于潜在的好事；如果是坏事，潜在的坏事优于实际的坏事。真健康优于潜在的健康，而潜在的疾病又优于真的生病。因此，具有作恶的潜力优于真的作恶。”塞莱斯蒂娜喊道：“你这坏家伙，我听不懂你在扯什么！”塞莱斯蒂娜的呼声在十六世纪末会显得奇怪，到十七世纪会被认为不可思议，今天对我们来说就是不知所云了：因为我们已经失去了风格清晰的概念和趣味。

十六世纪之后的十七世纪产生了风格的完美公式。最值得称奇的是，这一公式恰恰是由那位集警句主义于大成的作家提出来的。1648年，巴尔特萨·葛拉西安发表了《论诗才》。葛拉西安最钟爱的两本书是《卢卡诺尔伯爵》和《古兹曼·德·阿尔法拉切》[①]。葛拉西安不知疲倦地赞扬和援引堂胡安·曼努艾尔的书[②]，那本书是简明流畅的

① 《古斯曼·德·阿尔法拉切的一生》是西班牙黄金世纪的一部流浪汉小说。
② 指《卢卡诺尔伯爵》。这是一部十四世纪的短篇小说集，许多故事源自东方。

典范。仅仅喜爱这自然流畅的范本似乎还不能使他尽兴，葛拉西安进一步告诉我们："自然的风格就像面包一样永远不会使人心烦。"可是怎么衡量自然流畅呢？葛拉西安娓娓道来：自然的风格是"那些日常生活中不刻意追求却口才绝佳之人的风格。"给出这定义的葛拉西安可不是写《批评大王》的那个葛拉西安，而是《领圣餐窗》这部清晰、自然、简洁之书的作者葛拉西安[1]。

十、西班牙的现实主义

我们在礼拜堂里观赏佩德罗·德·梅纳[2]的一尊雕塑；在寺院里赏析苏尔瓦兰[3]的一幅油画。《祈祷之书》创造了西班牙最静穆雄健的现实主义。现实在艺术中是具体而本质的细节。《祈祷之书》写到骷髅地的情景时，那些细节无时无刻不令人动容。《祈祷之书》里的现实主义是伟大的西班牙现实主义，它宁静、感人、雄浑。现在我们来复习一下这部作品，书是安德烈斯·德·波尔多纳里斯 1566 年在萨拉曼卡印刷的版本。耶稣被捕了："好好看看路上的那个人吧！他被门徒遗弃，身边都是敌人；他步子匆忙，呼吸急促，神色大变，面孔因疾走而泛红发热。"在骷髅地，耶稣将被剥去衣袍："因为袍子紧贴着鞭笞的伤口，鲜血已经和衣服凝结在一起，他们剥他衣服的时候……一下子用力撕下来；用力太猛，结果把他的皮肤也扯了下来，鞭笞的伤口又鲜血淋漓。"行刑者把十字架抬起来。请看"他们接着把十字架

① 葛拉西安（1601—1658），西班牙耶稣会教士，警句主义的代表作家。重要作品有流传甚广的《智慧书》，寓言体小说《批评大王》，后者被认为是警句主义的代表作。《论诗才》是一部关于文学和美学的论著，《领圣餐窗》是一部宗教题材的作品。

② 佩德罗·德·梅纳（1628—1688），西班牙雕塑家。

③ 弗朗西斯科·德·苏尔瓦兰（1598—1664），西班牙著名画家。作品以宗教人物和静物为主。因擅长使用明暗法而被称为西班牙的卡拉瓦乔。

高高竖起，把它插到一个事先挖好的坑中，由于……十字架落位时他们是猛地一下子由它掉进去，那神圣的身体在空中一阵晃动，伤口撕得更大，疼痛也更加剧烈。”圣母来寻找人子：“她远远听到刀枪剑戟碰撞得铿锵有声，听到人声嘈杂，听到报子一路吆喝开道。然后，她看到空中闪烁的刀光剑影；她发现路上血迹斑斑；那斑斑血点足以显示圣子的踪迹，使得她无须别的向导。”母亲拥抱儿子：“母亲拥抱那千疮百孔的身体，她只剩下把他紧紧搂在胸前的力气。她的脸贴近他头上血迹斑斑的荆棘冠冕。他们脸贴着脸，母亲的脸上沾满儿子的鲜血，儿子的脸上浇满母亲的眼泪。”

现代艺术，即使在诸如福楼拜和佩雷达[①]这样的大师手里，也没有超越这种现实主义。

十一、信仰与灵感

窄小的僧房里的修士是一位才思灵动之人。有谁能比他更好地描绘那种神圣而玄妙的灵感之气呢？《祈祷之书》里谈到虔诚时，修士是这样定义的：“虔诚是圣灵在信徒的灵魂里培育的一种超自然的轻捷灵动，使之借此得以在敬奉上帝的一切事情上做到身手敏捷。所以，一个人做事若是缺乏虔诚就会无精打采，迟缓懒惰，而凭借圣灵之力而来的虔诚之心会赋予他新的力量和勇气去侍奉上帝。他不会迟缓，只会轻捷；不会倦怠，只会乐意；不会悲，只会喜；不会无精打采，只会心甘情愿、手脚轻快。”

得自虔诚的那种轻捷在艺术里就是灵感。那些轻快的时刻就是灵感大发的最最顺利的时刻。事物对我们来说似乎不再有秘密。我们

① 何塞·玛利亚·德·佩雷达（1833—1906），西班牙现实主义小说家。

慢慢写起来。我们不紧不慢，但是步履坚定。我们一点点热身。原来清晰的字母现在飞速离去，变得费解。我们几乎来不及表达自己的感觉。一种神秘的震颤从脑中传递到笔端。笔走如飞。我们对别的一切不闻不问，心无旁骛。平常状态下恼人的噪音，我们现在根本注意不到。那个刚刚写下的生僻词我们是怎么找到的呢？除了此时此刻，我们从来不曾想到过这个词。诸如此类我们以前不熟悉的词汇现在却自动地从笔端涌现出来。这些以往被我们所忽略的词语从何而来？是谁在给我们听写，让我们造出干净利落、准确无误、直截了当的句子？我们不要停下来；我们确实也停不下来。一旦停下来，那种轻快和迅捷转眼之间就会消失。我们事先想好要使用的词语和句子在书写的此时此刻已经不再中用。原来准备使用那些词语和句子的段落，被我们匆匆越过，那些词句也就被置之身后。我们没用那些词句，也不需要用了。它们被抛到远处，就像特快列车飞速而过，将车站甩在身后。笔在纸上纵横驰骋。那是文思如涌的幸福时刻！一切都那么简单轻巧。我们会遇到困难，可能是一段引文需要查找，或者一个日期需要核对。但是我们不要停下来，在稿纸上留出空白就行。我们要抓紧利用那幸福时刻。我们此时此刻和有形与无形的世界之间的这种神秘交流，以后是不会轻易再得的。

年迈的修士一生文思泉涌。虔诚使他妙笔生花。如果说路易斯·德·莱昂修士[①]是文艺复兴的话，这位敏感、文雅、囿于含蓄的内心紧张的老人就是中世纪。他们之间差异甚巨。他书中的文章清澈自然、细腻流畅、生动善感，犹如一道汩汩溢出的清泉。

---

① 路易斯·德·莱昂修士（1527—1591），西班牙抒情诗人，神学家，奥古斯丁会的修士。他以不到三十首诗作而跻身西班牙最重要的抒情诗人之列。其他用西班牙语写的文学作品包括直接译自希伯来语的《圣经·雅歌》，散文作品《妻范》和《论基督的种种名号》。

十二、山地与牧人

就在那修士探身窗外的黄昏时分，牧羊人也开始在山上点亮篝火。不论从平原还是从幽谷深涧，我们都能看到山上牧羊人的篝火。西班牙的山实在美丽！羊群分为定点放牧和迁徙放牧两种。定点放牧的绵羊往往数量少，羊群也不会沿着牧道从一个地方走到另一个地方，它们总在同一片草地或河谷吃草；每当夜幕降临、群星初现，它们便汇聚到村中的羊圈或者山上的产羔棚里。迁徙放牧的流动羊群却有成百上千只羊。它们来回穿越西班牙，在平原上扬起尘土，如同浩浩荡荡的千军万马。绅士们用的薄呢料和教士们穿的毛哔叽都出自这成千上万只羊的身上。来自索里亚省卡拉斯科萨地方的堂曼努艾尔·德尔里奥就是一位迁徙放牧的牧主，也是牧主公会[①]成员。1828年他发表了一本小册子，题目叫《放牧生活》。他开宗明义地写道："有一千一百只羊的羊群一定要有一个领头、一个伙计、一个帮手、一个闲人（也被称为多余人）和一个牧童。"然后他补充说，"索里亚人比山里人的放牧经验更加丰富。在迁徙放牧途中，他们仅需要四个牧羊人，分别称为头领、牧人、帮手、牧童。"他说的山是指西班牙的山，索里亚、昆卡、塞戈维亚和莱昂的山。作者本人是索里亚人。在索里亚的山上，"最高峰上的奥比昂澙湖是流量丰沛的埃布罗河与杜埃罗

---

① 牧主公会是一个全国性的牧羊人协会，成员享有许多特权，包括羊群迁徙的道路权。这些特权始于1273年。早年伊比利亚半岛北方基督教王国和南方伊斯兰教王国之间有一条无人居住的缓冲带，因为形势不稳不适于发展农业，所以只有牧羊人利用这些土地。后来随着基督教世界的逐步光复，越来越多的人定居，农业和牧业之间的矛盾也越来越多。官方之所以给牧主公会许多特权，是因为西班牙产的美利奴羊羊毛对国家经济至关重要。可以参阅法国历史学家费尔南·布罗代尔所著《菲利佩二世时代的地中海和地中海世界》中《卡斯蒂利亚的季节性迁徙》一节。流动羊群的过路权至今仍然有效。王家准许的南北牧道有两条途经马德里。羊群迁徙被搞成了一个庆祝活动；2016年10月，有两千头羊被牧羊人赶着从马德里闹市区经过。

河的发源地。整座山脉是南北分水岭。”“这条山脉最陡峭险峻的地方每年夏季的四个月里都是毛质优良的流动羊群，要不是这些羊群的话，这类地方不过就是人迹罕至的野兽窟穴而已。那里也有一些村镇，比如皮内达、文托萨、金塔纳、科瓦莱达和‘皇家运输会’[①]辖下的所有村庄。”

夜晚正在山顶和谷地降临。克维多在他的席尔瓦体诗《梦》里仅仅使用两个词就刻画出夜晚的深刻含义：

……盲目而寒冷
黑夜
从星天间柔软地落下……

夜的阴影将我们笼罩，如一层薄纱触手可及。盲目而寒冷的夜晚从星空降落。牧羊人的篝火开始点亮。狗在羊群中汪汪，远远听去，犬吠声像是带哭腔的悲鸣。山上有狼、狐狸、獾和鼬。城里的灯火渐渐阑珊。山上的篝火彻夜长明，一直持续到天亮。山野田间的野兽通宵不眠。它们双眼放光，皮毛洁净。这些家伙被人捉住以后，你用手抚摸它们的脊背，或者把手指伸到它们毫不油腻的毛发之间，会是一种很惬意的感觉呢。这些可爱的动物还没有遭到城市生活的污染和糟蹋。当它们坠入陷阱，丧失自由，落到了我们手上，它们便低眉垂耳，两腿夹紧尾巴，一动不动，清亮的眼睛满怀希望而疑虑巴巴地看着我们，仿佛在祈求人类发一点点慈悲之心。

不考虑羊群在高山和平原之间的往来迁徙，我们将无法理解西班牙的精神气质。游牧的大道小径四处纵横，遍布全国。山上覆盖高高的森林和灌木。找到并运用描写田野和高山的不同地形及其独特之处

① 皇家运输会，1497 年由天主教女王伊萨贝尔创立的一个负责交通运输的行会，负责运输武器、粮食，羊毛等物资。

的词汇是一件赏心乐事。这些词汇使我们品尝到西班牙的风味。城里人绝少使用的词在本地人和庄稼汉中间依然鲜活。根据植被不同，山分为高处和低处。山的低处也叫“拉低索（ratizo）”。高处由“莫埃达（moheda）”组成。“莫埃达”是浓密的圣栎、栓皮栎、榉树、栗树林。在山的低处，开着黄色花朵的金雀、刺柏、乳香黄连木、迷迭香在斜坡上随意伸展，蔚然成林；这些矮树丛间生长着薰衣草、麝香草和牛至草，香气四溢。茂密的树林能形成所谓的“空山”。我们想象一座松林的空山。树木肆无忌惮地生长，长得高大挺拔。没有任何东西阻挡树干的发展。地上不长灌木。从坡下仰望，透过山的空隙处，我们隐约看见碧绿芬芳的拱顶下有成百上千的树干林立。地上铺着柔软滑脚的松针和松苗的地毯。空气中熏染着松脂的香味。

西班牙的山上有静谧而神秘的天然湖泊、幽深的涧谷、小片的草地和细草柔软的夏季牧场。从陡峭的山巅俯视，远处的一个个小村庄干净明了，尽在眼底。山上空气稀薄。声音因着空气的稀薄也比在平原上微弱。在赤裸粗犷的荒凉山顶，我们注目深壑中挺身而起的一棵树，静静享受这一自然的馈赠。西班牙这些山地上的一切事物都含蓄着一种冲动力：巉岩桀骜不驯，面目狰狞；石峰光滑尖挺；浑圆的巨石浑欲随时从山坡上滚动而下。

阳光强烈。迷迭香、薰衣草、麝香草和墨角蓝的香气在空气中浮动。清澈的山泉淙淙流淌。灌木的坚硬枝叶足以划伤路人。恰似西班牙的文学，恰似西班牙的思想，西班牙的土地也全然是力量、冲劲和辉煌。索里亚、昆卡、莱昂和塞戈维亚的大山何其美丽！高坡上，丘陵间，成百上千的羊群穿梭不止。无论僧侣、农民、士兵还是贵族身上穿的衣服，无论粗毛料还是细毛料，都产自它们身上。

多少城市的纺织作坊里，织布机的踏板有节奏地响动。黄昏降临，响声也将停歇。山上，牧羊人点起了篝火。

十三、宫门深闭

夜晚降临，盲目而寒冷；降临牧人的茅舍，降临骑士的宫殿。宫殿会是何种情形？国王居住的地方又是什么样子？圣特雷莎并不知道。她也不确定王公贵族的卧室是否被称作寝宫。在《居所》第六章里，她写道："你们踏入一位国王或大公的房间（我觉得应该是叫'寝宫'），那里有各种各样的玻璃和陶瓷器皿，还有其他许多物品，它们摆放的样式使人进门就能一目了然。"圣徒还补充了自己的一段亲身经历："有一次，在阿尔瓦女公爵家里，我就被带到这样的一个房间里。我只是路过，那位大人却好客地命我在她家里住了两天。迈进房间我就吓了一跳，心想那一堆花里胡哨的东西能有什么用啊？然后我想明白了，有此眼福见识这林林总总而各不相同的东西，我得感谢上帝；而现在我很高兴这一经历在这里派上了用场。"①这些精美的宫殿是由文艺复兴时期的艺术家们建造的。然而，文艺复兴在西班牙并未深入人心。中世纪的主导一直持续到十五世纪、十六世纪甚至十七世纪。中世纪乃是单纯、情感和虔诚。中世纪是与抽象相对立的具体。文艺复兴与西班牙的风景、持久而激烈的斗争传统，以及西班牙人严肃克制的作风均不能达成和谐。中世纪是《堂吉诃德》和《祈祷之书》，是洛佩作品中自发而通俗的那一部分。《拉皮条的女人》杂糅中世纪和文艺复兴，但是该书的胜景佳处要归中世纪：花园里的情歌和父亲的悲诉表达万物易朽难久，而这最终成为统领整部作品的主旨。但是文艺复兴也确实在西班牙树立了许多宫殿。白石精雕细镂的画格窗饰。铁艺阳台。但是这些宫殿和深宅大院如今大多门窗紧闭。从屋

① 圣特蕾莎在书中以此打比方来说明她的宗教体验。

里通往花园的门也关得严严实实，小径上杂草丛生。这些豪宅的主人们早已全部远走海外。建筑内部宽敞的大厅里，家具都覆盖着一层薄尘。曾经让圣特雷莎吃惊的琳琅满目的摆设都在柜中、橱里、桌头长眠。时光荏苒。几百年后谁会重新打开这些宫殿？几百年以后我们还会看到这些奇珍异品吗？这把压花皮椅，谁会坐在上面？这位胸前佩戴圣地亚哥骑士团红剑徽记或者圣胡安骑士团十字徽记的骑士画像，将会挂在何处？这座高贵城市里的十多处宫室巨宅无一不是重门深锁；它们的主人山阻水隔，远在异国他乡别样的星空之下。在那广阔的天地间，他们定会于黯然销魂之际满怀柔情地回想起这些宫殿和这些花园；春去秋来，园中的玫瑰无人采摘，唯有独自凋零，缓缓落满小径。

十四、旅客[①]

在这一黄昏时刻，一位旅人在地处旷野的一座乡村客栈前憩坐。道路从客栈门前经过。旅人面孔瘦长，栗色头发，天庭饱满，额头光洁。他两眼灵活欢快，一只鹰钩鼻匀称得体，一大把胡子遮住双唇。如果他站起身来，我们将会看出他略为驼背。繁重的工作压在这位旅人肩上。整个夏天他都走村访户地在路上奔波。他不得不和乡野粗鲁之辈打交道，出入于一种与自己格格不入的精神氛围。他的感性和他身处的精神氛围严重失调。这位旅人已经有几部作品行世。在史上最著名的一场战役中，他英勇作战，被打残了一只手。如今，他挨村奔走，辗转于客栈之间，混迹于乡野村夫之中，内心怀着痛苦。当我们觉得自己优于周遭的事物却又迫于生计而无法超越其外，我

① 本章讲的是塞万提斯。

们的精神会逐渐贯注于一个内心的理想。诚然，我们会顺应现实，接受生活的现状。在这个世界上，善良是一切；而善良无论何时何地都会从我们的心中涌现，为人所见。但是这种循规蹈矩通过内心的梦想得到了补偿。诚然，对我们而言，世界是痛苦的。到了我们的年纪，也就告别了希望。对我们来说，世界已经定型，不会再变。如果我们曾经期待过时来运转，那么这好运，这意外之财，这命运的青睐却并没有到来。我们放下物质世界，为我们自己，而且只为我们自己，创造出一个幻想的世界来。在我们独自苦心守护的理想之中，我们倾注全部的生命。倘若没有这一想象的救命稻草，我们的精神将会跌入万丈深渊。我们能够像这位旅人一样走村串乡，辗转于客栈之间；能够同山野村夫交往；能够忍受逆境。但是我们的灵魂深处立着一个只属于我们自己的世界。我们日日沉思，时时默想，一点点将这个世界净化，美化。来自书本的思想至关重要；然而，倘若心里没有我们所说的精神超脱，那些东读西读而得来的书中的思想也不过徒劳无益。阅读只不过有助于孕育创造。阅读仅仅是梦想之砥砺。

客栈里传来争吵和打斗之声。旅人起身进屋。一位骑士在和客栈老板争执。他身材高挑，瘦骨嶙峋，看起来像是一位古代的骑士。他说话咬文嚼字，古奥得让人不知所云。争执的缘由是那位骑士想替一个被店老板扫地出门的穷小子出头。旅人进门，大家不再作声。他的眼中有一种温柔的震慑力。客栈老板有所收敛；哀容骑士站得笔直，伸开双臂，一副要保护那个穷苦人的样子；后者看看骑士，又看看刚进门的旅人。当那位古貌古心的先生以荒唐的理由一番陈情之后，旅人微笑了。这是不可言传的善良的笑容。他走上前去，紧紧地拥抱骑士。真是奇妙的讽刺：旅人内心的梦想终于在身外的现实生活里寄托到了一个疯子身上！

十五、剧院

剧院里空无一人。在这黄昏时刻，演出已经结束。数年之后的1629年，作家胡安·德·萨瓦莱塔会这样描写剧终：观众散场，戏院人去楼空，一片黑暗。两个女人落在后面：演出的时候她们掉了钥匙，现在正就着蜡烛的微光，在座位中间寻找。戏院里寂静无声，夜晚从星空降落，盲目而寒冷。观众散去，演员们也已不见人影。不对，并非所有的演员都已回到旅店。一男一女领着一个孩子孤零零地、默不作声地走在暮色里。演出结束后，他们在更衣室里多停留了片刻，现在正慢慢返回住所。男人微胖，面孔苍白。他手里牵着孩子的小手。女人还很年轻。他们从戏院里出来，走向城中的一家客栈。进入自己的小房间后，男人重重地在一把椅子上坐了下来。女人走过来亲吻了一下他的前额。男人把孩子抱在膝头。这个男人的呼吸中透着疲惫。他把孩子的脑袋搂过来，把孩子柔嫩的脸颊贴到自己苍白的脸上。母亲默默望着他们，心中大为触动。他们三人和戏班子的其他演员一道走遍了整个西班牙：从格拉纳达到马德里，从马德里到托莱多，从托莱多到塞戈维亚，从塞戈维亚到巴利亚多利德，从巴利亚多利德到布尔戈斯。伟大的西班牙民族戏剧正在诞生。这些人在舞台上努力塑造诗人们脑中酝酿出来的世界。这位苍白疲惫的男人什么时候才能享受片刻安宁？别的艺术家在家乡一隅就能呼吸到甜美空气，而这种幸福他却无缘坐享。他的命运是巡回奔波。为内心的痛苦煎熬戴上一张欢快的面具正是他不可推卸的义务。演出结束，回到客栈房间，饱经风霜、疲惫不堪的好演员膝头抱着孩子。孩子是他的欢乐。要是没有孩子，他将无法忍受浪迹江湖的生活和繁重辛苦的工作。在这黄昏时刻，在沉默的母亲眼前，他怀着一种无可名状的深沉而细腻的感情，把孩子红扑扑的脸蛋贴在自己苍白的面孔上。

伟大的民族戏剧正在诞生。什么是西班牙的古典戏剧？古典戏剧就是西班牙生活的综合。从《熙德之歌》开始，生活的道德基调就在艺术中确立了。此后的全部西班牙艺术都将适应这一基调。这是某种崇高庄严的基调，它必然把日常生活中的某些方面排除在外。西班牙生活的一切都是共时性的，连贯的：戏剧、神秘主义、风景——卡斯蒂利亚的风景——和公民的特性。当人们说到西班牙人的“突出之处”时，诸位尽管同意好了；但是这一“突出之处”你们必须称之为尊严。西班牙人高贵而庄重，这种庄重拒绝平淡的日常细节。《祈祷之书》的现实主义高贵、庄重、肃穆。戏剧也不能接受那些平凡的细节，它和西班牙的风景一样静穆高贵。戏剧家不需要也不愿意为了出场或退场寻找理由；他们也无须堕入琐碎细节的窠臼。如果古典戏剧堕落到那些细节和辩解中去，那么整部作品就会从诗人高扬的水平上落下来，风景、公民生活和艺术眼光之间的等量齐观就会被打破。我们不必对伟大剧作家们的差错和不合时宜念念不忘。在炽热氛围笼罩的戏剧里，诸如此类的错误也就消失了。这里的关键之处，就像作为一切伟大戏剧起源的《熙德之歌》一样，是生活的基调；是诗人赋予人物的庄重、伟大、超出日常生活的崇高之音。

夜晚即将来临。客栈的小房间几乎已经全部陷入昏黑。女人点灯。那位好演员膝头抱着孩子。

十六、一位修女[1]

傍晚时分，一辆小马车进了城。车上下来一位修女，还有一位同

① 本章所讲的修女是圣特蕾莎。

伴。她们清早从另一个小镇出发，在路上颠簸了一整天。平原上寒风凛冽。修女身体稍有不适。下午过半，修女和同伴从皮囊里掏出一块面包和一小块奶酪充饥。修女病了；秋日的寒风灼痛她的嗓子。这位好修女不停地行走，走遍了整个西班牙。她从一个村庄走到另一个村庄，从一座城市走向另一座城市；她和修士、修女，还有主教们交谈。她对所有的人和颜悦色。她的眼睛又黑又圆。据里维拉神父说，她的眼睛“生动而亲切，她笑的时候，众人也受感染而欢笑；反过来，她神色庄重的时候，众人也都显得一本正经。”修女体格健壮。她这样描写自己：“我一点儿都不温柔；我心肠坚硬，这让我有时候觉得遗憾。”她的坚强不是用来对付人类而是用来对付困难的。但是，今天却是这位内心强大的修女略感沮丧的日子。工作的艰辛和世人的敌意并没有使她失去镇静，今天一件无足轻重的小事却差点扰乱她的心绪。马车进了城。修女一行在这城里人生地不熟。在她们离开的小镇上，人们对她们的要求含糊其词。马车在街上绕来绕去，时停时行。车夫向各色人等问路，然后再赶路。修女的同伴是个聋子；修女的嗓子痛得已经说不出话来。两人一聋一哑，无法沟通。马车在一座屋子前停下。这屋子就是她将来建立一座小修道院的地方吗？门开着，跨上两个台阶就到了石灰粉刷的门厅。墙壁雪白。右手有一扇小门，通向一个房间，里面有一口大水缸，两个水罐。从左手再跨上两个台阶，是一道短短的回廊。短廊尽头是由高高的回廊围绕的天井。门厅的天花板是四方形横梁支撑的宽木板。天井回廊也是木制的。屋顶和回廊的木料仿佛烟熏过一样发黑，和干净利落的粉墙反差强烈。从中世纪开始，一代又一代的人们曾经走过这陋室。宫殿和教堂自然恢宏华美；教堂的建造者和宫殿的居住者或许已经青史留名。但是这些卑微的宅子，数百年来居住其间的却是世世代代默默劳作、默默承受的人们。这些白色的墙壁，这些发黑的木头，它们朴实无华，毫不起眼，谈不上什么艺术趣味。但是，比起那些美轮美奂的伟大建筑，它们也许可以勾起一种更加深沉、更加难以言传的感情。修女和同伴进了屋子。里面住着一位老人，他几近失明，聋得厉害。修女就是要和这位先生达成建造修道院的共识。然而，他们无法沟通。修女无法大声说话；而那位先生同样听不到修女对他说什么。修女试图表达自己的想法，但是她的努力终究徒劳无益。那位先生颔首随和，可是他并没有明白什么。屋里没有纸笔。修女努力比画了好一会儿手势，已经有点失去了耐心。老人默默看着她。修女站起来，在屋里来回踱步。分分秒秒在白白流逝。修女再次努力表达自己的意思。突然，已经疲惫不堪的她眼睛一亮。她激动得浑身一阵战栗。她身边可有什么无形之人在暗中助力？修女讲到这种神助时是这样写的："我感到他就在我的右边，但不是通过我们能感觉到有人在身旁的那些感官，而是通过一种说不清楚的更加微妙的渠道感觉到的。"[①] 门槛边出现了一位修士；他双臂交叉在胸前，满脸微笑；他是修女的一位朋友。

十七、唯信论

年迈的宗教裁判所法官独处卧室，略显忐忑。他是一个大人物，饱览世事，经历过大风大浪。使老法官感到不安的是桌上的一张纸。白纸上写着几行字："如果我们想成为基督徒，大多数时候我们的生活之航必须舍弃理性的指引而依靠信仰的导航，我们的所作所为也要以此为依据，特别是在和宗教以及圣礼相关的事宜上。"年迈的法官在房中踱步。他不时在书桌前停下，拿起那张纸。上面写的话他读过许多遍，已

① 《居所》第六部第八章。

经会背了。但是，即使他在想别的事情，目光也会不经意地掠过那几行手书。这段话是从书上抄来的。可以肯定的是，那些话概括了一位名人的一本著作。我们必须舍弃理性的指引。理性不能引导我们。信仰是唯一之光。年老的宗教法官把那张纸在桌上轻轻放下，又踱起步来。几天前，为了审查这段话所出的那本书，最高裁判所召集了一次会议，却仍然没有达成共识。再过两三天委员会还要开会讨论；这年老的委员要在会上表态。宗教法庭遍布西班牙。宗教裁判所分别在托莱多、巴利亚多利德、列雷纳、圣地亚哥、塞维利亚、格拉纳达、科尔多瓦、加那利、洛格罗尼奥、穆尔西亚、萨拉戈萨、巴伦西亚、巴塞罗那和马略卡等地。“西印度”的墨西哥城、利马和卡塔赫纳等三处也有宗教裁判所。最高法庭叫最高委员会（Consejo supremo），由一位大法官领导，五个委员组成。最高委员会自 1483 年成立到 1596 年，一共有过 15 位委员长。

内室中的法官先生又一次停下步子；他低头沉吟，胡子触到了胸前。书桌上，白纸黑字写得清清楚楚：“如果我们想成为基督徒，我们的生活之航大多数的时候必须舍弃理性的指引……”理性和信仰之间的永久冲突在十六世纪表现得最有戏剧性。中世纪和文艺复兴精神在西班牙也像在别的国家一样互相较量；文艺复兴在别的国家胜出，在西班牙中世纪却依然强劲。唯信论就是中世纪。年老的宗教法官是一位饱经沧桑、博览群书之人。千万不要以为只有今天的我们才有获得智慧的特权。抄在白纸上的观点很危险、很异端。但那到底是确实危险还是看起来如此？这冲突很可怕，也令人很痛苦。老人的心告诉自己，信仰牢固、鲜活，富有生命力。理性什么都证明不了。理性话语一步步走到了不可能证明的地步。什么也不能否定，什么也不能肯定。原告和被告不得不握手言和。理性是一个怪胎。理性如此微弱、波动、不定，这算什么理性！稍微发烧就使得病人的理性不同于健康者的理性。饥肠辘辘时的理性和酒足饭饱后的理性也不一样。一座山、一条河分开两个国家，而作为理性之综合的真理在国界两边也不是一回事。年老的宗教法官在心中斟酌言辞，怎么定那可恶的观点有罪。他会判它有罪吗？对，必须判它有罪。而一旦判它有罪，也就是把一位善良、高尚、充满热情的人判作了罪人。没有比这信仰和理性的冲突更令人痛苦的戏剧了。在西班牙，信仰获胜了。那位舍弃理性之引导而彻底委身于信仰的善良的先生，他正是一位帕斯卡尔的伟大先驱。他的学说和帕斯卡尔的学说一样，他的命运也和帕斯卡尔的命运一样悲惨。他以深刻的镇静接受迫害，无怨无悔。他从巅峰——西班牙的首席大主教——沦陷于监狱。他的柔顺从来没有改变。他以身说法，用活生生的例子印证了自己的理论。一位作者说："他是流言蜚语者的敌人；他严厉地驳斥他们；他轻易原谅所有冒犯他的人，而且从不报复；他饮食有度，不事奢华。他把下属奉送的礼物分赠给修道院、监狱和医院享用，却不许山珍海味上自己的餐桌。"巴托洛梅·德·卡兰萨修士之后，托莱多首席大主教的职位，由堂加斯帕尔·德·基罗加继任。[①]

十八、年老的宗教法官

年老的宗教法官端坐内室。他的眼前有一张桌子。桌上可见一大

① 唯信论的思想倾向在作者所描写的十六世纪的突出代表就是提倡"因信称义"的马丁·路德，而天主教正统教导的是因信称义和事功相结合。关于信仰和理性的关系，天主教不但强调理性的辅助作用，而且有以逻辑推理为方法的经院哲学传统。被宗教裁判所关押审问的卡兰萨（1503—1576）神父被怀疑是唯信论者。卡兰萨神父受审反映了当时西班牙帝国杜绝一切新教思想影响的企图。虽然卡兰萨神父的思想和新教主张有若干条相同之处，但是经过十多年的审判他最终被认定不是异端，出狱七天即离开了人世。他学识渊博，克己忍耐，广受人们尊敬，临终忏悔说出自己是真诚的天主教信徒。教皇允许在他的墓碑上加刻墓志铭，算是为他恢复了名誉。

堆书。这些书里一本是卡斯蒂利亚语《圣经》，一本是《致菲利佩二世的信》，还有一本是《敌基督的形象》。老法官在这屋里已经居住多年。他年纪轻轻便结婚成家，一生热爱自己的妻子。妻子为他生下一个儿子。儿子是他们的掌上明珠。孩子体质不佳，父母抚养他可谓呕心沥血。每个月的轻微发烧就能让孩子双眼发亮，每次总得有六七天卧床难起。父亲和母亲低首弯腰，长时间地望着孩子忧心如焚。孩子渐渐长大。别的孩子玩耍嬉闹时，他却躲到一角静静读书。每当下午，家仆会把孩子带出去到乡间散步。孩子躺在草地上，把大石块掀起来。那些小虫子受到光亮惊动，在潮湿的泥土上四处乱窜。有时候，孩子会观察池塘水面上善变而快速游动的蝌蚪群。他享受自然的乐趣。终其一生，大自然深入他的内心。父亲和母亲活着就是为了孩子。内室相对，他们每每谈及孩子的前途。在宽敞的大教堂里，在白色的香烟缭绕中，他们可会看到他身着锦缎，在管风琴甜蜜的呻吟声里，洁白细腻的双手高举圣餐饼？有朝一日，他的声音可会在巨大的穹顶下回荡，感动教民的心肠？母亲面对这一憧憬会激动得热泪盈眶。而父亲却默默地抑制自己的感情。

儿子去萨拉曼卡求学时，母亲去世了。对那位高贵的先生来说，这一打击太过沉重。足足几个月，他闭门不出，终日郁郁无言。世界使他恼怒。慢慢地，他的心中起了一个念头，弃绝红尘的念头。他出家为僧。出家一年，他就被任命为最高宗教裁判所的法官。儿子依然在萨拉曼卡，但是他转习医术，不再攻读神学。取得博士学位之后，儿子回到父亲身边。年轻人的性格一如儿时，矜持内向，喜爱梦想。在屋后花园能晒到太阳的地方，他一卷在握，一待就是好几个小时。他的目光时而会离开书本，迷失于蓝天白云之间。夜晚降临，家中一片寂静，大蜡烛的烛光映照着儿子的脸庞，父亲会注意到他长久地静止不动，神情恍惚。年轻人的脸是父亲深爱过的女人的脸，一样的大大的蓝眼睛，一样忧郁的目光。

年轻人去了巴黎——加尔西拉索所说的“伟大的巴黎”——他去了巴黎，还去了佛兰德斯。他在国外待了两年，之后回到西班牙。从昨日起，他回到了祖居。儿子出远门时，父亲曾给他一副母亲的小型画像。父亲要他在佛兰德斯让人照着这幅小像画一幅大的肖像。这幅大肖像儿子带回来了。画就挂在大厅里。鲜艳灿烂的色彩——出自名家之手的杰作——在肃穆的大厅里显得格外突出。在这黄昏时刻，当夜色逐渐淹没一切，昏暗的画中升起女士美丽高贵的形象。老法官凝望着心爱的女人，然后他的目光扫到了桌上的那几本书。一个钟头前，在翻检儿子衣箱时，父亲发现了那些书。书是西班牙的路德派教徒写的。老法官看清楚了那是些什么书，顿时变得脸色煞白，手也颤抖起来。他长久入神地把那些书看了又看。他把它们放在桌子上，又重新反复检查。最后他把书捧到自己的房间，在一把椅子上坐下，面对母亲的肖像。房间开始陷入黑暗，老法官双手抱头，一动不动。儿子今天下午出门去乡间散步，随时就要回来。走廊上传来了脚步声。不是儿子的脚步。又是一阵寂静。很快，响起了别样的脚步声。这次的确是儿子的脚步。但听得脚步声越来越近。老先生感觉胸口一阵痛苦的收紧，他本能地站起身来。一只手刚刚握住了门闩，门正在打开……

十九、西班牙的城堡

西班牙有众多的城堡。它们遍布全国，而且几乎全已沦为废墟。许多城堡远在十六世纪就已破落成断壁残垣。《七卷律》[①]里不厌其烦

① 《七卷律》是十三世纪西班牙的法律汇编，成书于智者阿丰索十世统治时期。

地讲到城堡。该书第二卷第八题共有三十二条法律，全部与城堡有关。这种关注显出城堡在西班牙的重要性。那可敬的法典的语言和我们看到的破败城堡的建造属于同一个时代。读着它我们仿佛进入了十三世纪的某个城堡。有些城堡从山顶俯瞰平原；另外一些镶嵌在城墙之内；还有一些依山傍海，统摄蓝色、绿色或黑灰色的大海……西班牙的城堡厚重、坚固、气势磅礴。它们看似幻境，但是其现实存在又毋庸置疑。王公大臣和各路诸侯被拘禁其中；一代代的国王生于斯，卒于斯；幼年即位的国王们的旗帜在城堡中升起；血淋淋的叛乱在那里连绵不断。坎波城的城堡里曾住过一位不幸的女王[①]，西班牙最伟大的女王[②]也在那里逝世。从另一座城堡——阿雷霍斯城堡——的塔楼上，恩里克四世的妻子堂娜胡安娜[③]于 1468 年的一个夜晚坐在一个悬筐里逃离罗网。蒙铁尔城堡曾于 1369 年目睹国王堂佩德罗和他的弟弟堂恩里克[④]的可怕战斗；在蒙松城堡里，海梅一世[⑤]度过自己的童年；埃斯卡洛纳城堡由堂阿尔瓦罗·德·卢纳[⑥]重修，据传那是西班牙最好的城堡；在金碧辉煌的奥丽特城堡里，维亚纳王子和堂娜伊内斯·德·克利夫斯缔结姻缘；弗朗西斯科一世[⑦]的两个儿子，恩里克和弗朗西斯科，作为质子从 1526 年起在佩德拉萨城堡被囚禁了四年；

---

① 不幸的女王指“疯女人胡安娜”（1479—1555），她是天主教双王的女儿，神圣罗马帝国皇帝卡洛斯五世兼西班牙国王卡洛斯一世的母亲。她的丈夫是哈布斯堡家族的“美男子菲利佩”。

② 最伟大的女王指的是天主教女王伊萨贝尔（1451—1504），“疯女人胡安娜”的母亲。她在坎波城的城堡里去世。

③ 堂娜胡安娜（1439—1475），也被称为葡萄牙的胡安娜。她是卡斯蒂利亚国王恩里克四世的妻子，曾被囚于阿拉雷霍斯城堡。恩里克四世是天主教女王伊莎贝尔的同父异母兄弟。

④ 佩德罗（1334—1369），卡斯蒂利亚和莱昂国王。恩里克（1334—1379）是佩德罗的同父异母兄弟，弑兄后登上王位。

⑤ 海梅一世（1208—1276），阿拉贡国王，号“征服者”。

⑥ 阿尔瓦罗·德·卢纳（1388/1390—1453），卡斯蒂利亚王国权臣。

⑦ 法兰西国王弗朗索瓦一世（1494—1547）在意大利被西班牙国王卡洛斯一世打败，于 1526 年签订《马德里条约》，两个年幼的儿子作为人质被送到西班牙。

奥兰治亲王拿骚的威廉曾被囚于阿雷瓦洛城堡；西班牙最值得敬佩的一位圣徒出生于哈维尔城堡[①]；潘普洛纳城堡曾是金塔纳的囚牢[②]；位于马略卡岛上帕尔马市的贝尔弗城堡曾是霍韦亚诺斯[③]的囹圄；我们提到过的海边城堡也在1873年囚禁过若干炮兵，他们和西班牙的其他炮兵一起造成了一代王朝的陨落。

所有这些城堡向我们讲述了派系之争和动荡骚乱。它们的城墙之内也有忠信。它们英勇抵抗过猛烈的围攻。在诸侯纷争、风云变幻的西班牙，无论在城里还是乡下，这些城堡都是整个民族机体的敏感点。《七卷律》特别关注城堡里必须有足够的粮草供给。最不能短缺的是水。“也不要忘了盐、橄榄油和蔬菜。”弓弩手是城堡最有效的护卫保障。弓弩手应该精通自己的本业，知道如何准备和修补弓弩。“还有，哨兵或二等哨兵，在外面城墙脚下走动的巡逻兵，白天的瞭望者和夜晚的岗哨，为了确保这些人忠诚不贰，负责守城的长官务必尽力保护并善待他们，不得克扣他们的资饷。还要经常更换他们，避免他们长期处于同一岗位。”我们想象这些城堡里的生活，倾听所有的声音，注视所有的光与影。在声音回荡的穹顶下，我们在想象中听到混杂着马刺铿锵的响亮的脚步声、马的嘶鸣、士兵和佣人的大声喧哗、尖锐的号角声和犬吠之声。我们在想象中看到红红的火把在城墙上投下幻影，院子里燃烧的篝火烟雾腾腾；服饰的鲜艳色彩——金色，红色，绿色，银白色——在黑乎乎的城头格外醒目。或许我们会看见

---

① 指圣哈维尔（1506—1552），出生在位于潘普洛纳的哈维尔城堡。他是耶稣会创始人圣罗耀拉的主要助手，传教远至日本。圣哈维尔死在珠江口的一个荒岛上，未能进入大明帝国陆境。

② 曼努埃尔·何塞·金塔纳（1772—1857），西班牙诗人，剧作家。他的作品以爱国主义为主题，但是因为在法国占领期间曾经出仕为官，结果在费尔南多七世复位以后遭到囚禁，在潘普洛纳被关押多年。

③ 霍韦亚诺斯（1744—1811），启蒙时期西班牙主要作家。

有人正顺着城堡的斜坡走上来。他拄着一根高高的拐杖，头戴一顶大帽子，凌乱的头发披在肩上。待他走近时，我们才看清他的蓝眸和金发。这位行者来自遥远的地方。也许他于1212年陪同某位先生——特奥博尔德·布拉孙或阿纳尔多·德纳博纳——来参加纳瓦斯战役。后来，他从一个城堡走到另一个城堡，漫无目的地游逛。当他到达城门时，面对城头上的弓弩手，他抬起头，以高贵的姿态摘下帽子，然后甜蜜而忧伤地唱出圣母的祈祷：

真实的圣母玛利亚
真实的生命，真实的信仰
真实的真理，真实的道路……

我们提到过的那座海滨城堡只有外墙，城堡最早的工事是在“强者桑乔”[①]统治期间开始建造的，大约在1194年。坚固的石墙建在一个山丘上；城市从山脚下的一侧伸展开去，墙的另一侧就是茫茫大海。城堡对面，海的另一端，是我们的宿敌法国和英国。向右边随意望去，可见最邻近的法国海岸。从左边隐约可见三重山：第一重是泛红的青山，零星点缀着白屋；第二重是看不真切的朦胧蓝山；第三重由高峰组成，尖、细、淡、云雾缭绕，若有若无。那些缥渺的远山位于古老而高贵的坎塔布里亚境内。城头布满垛堞，城墙坚固，完好无损。目光越过城墙，可以看到高处一座大屋。城堡的墙是黑色的，而那幢屋子的屋墙却是黄色的。大屋内部破败不堪；从野外朝破窗里望，甚至可以看到天空。在城堡的斜坡上、护城河里和城墙上，我们能学完一门完整的植物学课程。城堡及一道道斜坡上长满了绿油油的蕨类、

① 桑乔七世（1154—1234），1194年起为纳瓦拉国王。

蓟类、荨麻、野草、锦葵和荆棘。高高的城墙边沿上生长着茴香，它们挺拔而纤细的嫩枝在湛蓝的背景下线条清晰可见。垛堞的石缝间，城门上方凸出的城徽上，都长满了野草。鼠耳草的黄色小花和活泼优美的野生的康乃馨——林奈笔下的香石竹（dianthus caryophyllus）——交错生长。野康乃馨点缀斜坡，长在蕨类和荆棘之间。午后爬城堡的孩子们会随手采摘康乃馨。康乃馨是西班牙的花。堂克劳迪奥和堂埃斯特万·布特鲁在1804年的《群芳谱》里说："这是西班牙人偏爱的花；我们无比细致、无比辛勤地培育这种花。它确实汇聚了鲜花值得称道的所有特征：五颜六色，光彩夺目，气息芬芳柔和；这些都是作为鲜花最被珍视和期待的品质。"这些鲜艳夺目、芬芳馥郁、生长在边疆地区的野康乃馨，就像是西班牙花卉的前卫。西班牙的花朵热烈奔放，生意盎然，不似别的国家的花那么娇嫩柔弱。野康乃馨是它们的绝佳代表。往内地走，外国人在整个西班牙都能找到康乃馨：锯齿形的花瓣，或红或白，层层重叠地炸开，带着碧玉般的花纹。所有的康乃馨都色彩绚烂、香气浓郁。城堡斜坡上，护城河里，城墙上，康乃馨和紫色的锦葵花、香菜与凤仙的白花纷呈斗艳。在城堡之内，在没有屋顶的大房子里，一丛丛紫罗兰覆盖地面；到了四月里，它们紫天鹅绒般的簇锦繁花宛如绚丽的地毯。墙上黑色的条石染着苔藓地衣黑黑黄黄的斑点。城垛上，一株野无花果树的枝条弯弯扭扭地垂到护城河上。常青藤沿着城墙一直攀升到最高处，像一张抖落开来的绿色巨毯。所有这些植物都长得朝气蓬勃，无拘无束。大海的空气在116米的高空新鲜而纯净。一层薄雾笼罩着地平线。我们在此处驻足良久，又向中央高地攀登，我们的眼睛会迫不及待地瞭望波光粼粼的远方和线条分明而突兀的陆地轮廓。

和西班牙的其他城堡一样，这座面朝大海的城堡曾经目睹一幕幕的悲剧，遭受一次次的战火。几百年来，大海一直亲吻着城中居民的房屋。几百年来，大火也曾经在城里肆虐。从1266年到1813年，这里曾经发生过十几场摧毁城市的大火。这古老的堡垒曾经在自己脚下见证过浩劫乱象；火焰翻腾，房屋轰然倒塌，人群惊呼尖叫，警钟大鸣。1688年，一道闪电引爆了城堡的火药库，炸毁了整个城堡。如今，这里一片平静。大海广阔无垠。海鸥的叫声从城下传来。群鸥或在蓝色的水面上悠然翻飞，或如白纸片一样停憩浪尖，久久地一动不动，时浮时沉，时来时往，任凭海浪轻柔地摇晃。

二十、心灵的祖国

如果一个十六世纪的西班牙人重返人间，他一定会对我们的“祖国”这个概念感到费解。祖国乃是一个文化产物。在西班牙，独立战争[①]后的铁路、书籍和报刊缔造了祖国。十八世纪围绕着费霍而形成的批判热情是其铺垫。一个十六世纪的西班牙人一定不能轻易领会我们的祖国概念。时至今日，一切都已被集中，而且获得了一种几个世纪之前所不具备的纽带。一种极其含蓄的精神氛围把我们囊括在国家之内。在十六世纪，真正的祖国是宗教氛围。宗教才是真正的祖国。今日之我们，在一国之内，无论东南西北，或许反而会感到自己比起十六世纪时更是无家可归的局外人。精神之统一已经破碎。尽管今天我们有中央集权，有作为祖国之纽带的全部文化，我们反而觉得相互之间的关系比过往的世纪更加疏远。阶级利益高于全体诉求。从前，独特而又无形的宗教使我们心心相连。信徒对所有的信徒都抱有一种四海之内皆兄弟的情怀。他可以走遍西班牙；他可以进城下乡，到任

① 西班牙独立战争（1808—1814）抵抗拿破仑对伊比利亚半岛的侵略。西班牙帝国、葡萄牙王国和大英帝国共同抗法。

何一户人家；他可以在路上邂逅形形色色的旅客。一个信徒总能认出另外一个信徒。成千上万的庙宇——大大小小的教堂、庇护所、隐修院——仿佛就是朝圣香客和病患者的精神客栈。那里洋溢着活跃而丰饶的灵性，正是灵魂的安栖之所。不管走到什么地方，信徒都有如归之感。无论山脉、平原、河流、城市，到处浮动的是同样的信仰和希望的氛围，这是万民呼吸的气息。同样的渴望让所有的心一起跳动，那是终极救赎的渴望。

二十一、诡辩术

我们将要讲到的教授[①]生活简朴。他每天在同一时间去大学。他在其中教授神学。他长得其貌不扬，一脸稀疏而微红的胡子在下巴尖成一点。眼前发光的是一副厚重的玳瑁框眼镜。教授每天都做同样的事情。他黎明即起，入夜即寝。从早到晚，他的步伐和活动一成不变。邻居们可以根据他每天清晨开窗或出门去学校或夜里掌灯的时刻来校准自己的钟表。这位先生潜心学问，很少与熟人朋友交谈，喜欢悠然平静地沉思默想。这位好教授生活得孤独寂寞，而且日复一日，鲜有变化，以至于他把今是昨非，往事时事一股脑儿混为一谈。在他记忆的世界里，一切事物都在同一个平面展开。他日常生活的所有活动和细节都完全相同，而且并列、衔接得天衣无缝。教授常常会分不清楚自己早上刚刚做过的事情是第一次发生还是数月前一次往事的记忆。这份疑惑让他害怕。他甚至开始怀疑自身存在和外部现实。他发现自己就像一个在幽灵之间飘荡不定的梦想者。

① 这位教授指的是葡萄牙人曼努埃尔·罗德里格斯（1546—1613），黄金时期的作家，著有《良知个例大全》。

他已经无路可退；他感到被自己创造出来的日常习惯紧紧束缚，自作自受，无可救药。要是只有二十岁，他也许还会试图解救自己。现在却已无能为力。倘若突然开始另一种生活，他将不知做何想。他将会迷惘无思，将会在新的生活里无所适从。他只能无可奈何地一条路走到底。对他而言，时间消失了；在他整齐划一的生活中，偶发之事获得了一种可观的轮廓。一个使他的习惯发生轻微改变的意外细节会动摇他的整个存在。他会长时间地思量那些转瞬即逝的细节。他的感性在沉思默念中变得尖锐。从别人道德表皮上毫发无损地滑过的事件却能使他受伤。同事小小的错误或者朋友对他稍有失礼，都能使他深感懊恼，而且悲伤。在家庭内部，亲戚族人之间，如果有人和他意见相左或者出言不逊，他就会以为自己已经不比从前。他不再是原来的自己；他的智力在衰退；他的思维变得迟钝；或许他从来就不值得尊敬。于是，他拿同事的书来读，并和自己的书比较；他想通过对比看看自己的成就是否值得称道。他的精神倾向处于悲观主义的滑坡，这常常使他无中生有。他的作品平平庸庸，可有可无。怀着严肃而甜蜜的悲伤，这位好先生不无悲哀地甘心认命。一旦认命，他就努力变得善良大度，来补偿自己的失败。别人对他的善举发出的感激的微笑是对他臆想的智力平庸的补偿。

对这位教授来说，每天的日子总是一模一样。早晨，他在同一时刻开窗；晚上，他在同一时刻就寝。在生活中，色调就是一切。在道德世界的经纬里，一个几乎难以察觉的细节可以赋予某个行为不同的价值。这位喜欢小题大做的好教授完全了解细微差别的价值。人类行为因为染上这样那样微妙的色调而变得不同。而欣赏与合理评价生活中五花八门的情况下的那些变数、那些细微区别和那些千差万别的不同色彩，正是人道和宽容之举。大师写过许多著作；但他的杰作应该是关于行为的细微差别和多样性的那本书。书的扉页上写道："良知个例大全。”教授在清早出门去学校之前已经写好了十五或二十页。他慢慢走过一条条街道。在学校所在的广场上，学生们在等着他。大家都向他亲热问候，然后随他而行。

二十二、武力

越言简意赅越好。我们要说说堂罗德里戈最漂亮的业绩。堂罗德里戈的家破烂不堪。墙上没有挂壁毯，地上也没有铺地毯。家具寥寥无几：一张床，三四把椅子，一个柜子。伺候堂罗德里戈的用人睡的是一张硬草席。他和主人一样年迈。堂罗德里戈在佛兰德斯和意大利打过仗。他试图加入骑士团，但是没有成功。多年以前，他屡次携带服役记录前往朝廷，但是没有找到靠山。心灰意冷的他于是远离红尘，退居陋巷。他唯一的朋友是城里的一位铸剑师。铸剑师了解这位绅士的窘境。他知道主仆二人有时终日断炊。但是主仆二人每天都昂首挺胸、气宇轩昂地出门，腰间的宝剑把背后披风轻轻地顶起。骑士走在前面，仆人随在几步之后。他们每天就是这个样子在同一时间到达铸剑师的铺子。堂罗德里戈走入店铺，仆人随即离去。骑士的侍从去了哪里不得而知。也许是到一家修道院的门房或者一座宫殿的仆役用餐处。他在那里有认识的朋友。晚上回来的时候，这位好仆人会在披风下夹带一个小包裹。

如同往常，堂罗德里戈跨进了铸剑师的店铺。骑士的宝剑护手有些损坏。那柄剑很棒，是在米兰精工细作打造的。骑士没有财富，但这把和平时期购得的剑却是一件宝物。这样的剑城中唯此一把。这把剑从骑士年轻时就陪伴着他。他曾用这把剑在意大利和佛兰德斯作战。铸剑师了解这把宝剑，修复起来会很容易。堂罗德里戈把剑留在了小店里。第二天早上，铸剑师的店里来了一位客人。这是一位身材挺拔、风度翩翩的年轻人，胸前佩戴着闪亮的钻石徽记[①]。铸剑师手里正拿着堂罗德里戈的宝剑。年轻人仔细审视宝剑。铸剑师和这位年轻英豪交谈。后者表达了获得这柄宝剑的意愿。

到了骑士来访的时间。远远可见他从小巷走来。他佩戴着一把旧剑，昂首挺胸、气度从容地走在前面。忠诚的侍从紧随其后。在店里，铸剑师把骑士领到一个角落。两个人在那里窃窃私语。堂罗德里戈面色变得煞白，看着桌上那柄美丽的宝剑。忽然，他撇下那兵器匠，拿起宝剑，以从未有过的高傲姿态，神情庄重、一言不发地离开了小店……

军事生活是一种精神。战争中最强大的因素是精神因素。曾几何时，西班牙的军队、将领和士兵都受到同一个理想的激励，那时候她的军事力量非常强大。这一理想可以在这位佩剑骑士的一举一动之中得到体现。十六世纪末，这种对权力、力量和理想的热情跨洋过海传到了新大陆。

二十三、巴斯克地区

巴斯克的土地美丽安宁。这片可爱的土地上有三样美妙的东西，它们是劳动者、病人以及诗人的食物：面包、牛奶和沉默。皮奥·巴罗哈这位文学生活的良友精彩地描绘过巴斯克地区。我们从卡斯蒂利亚，从莱万特，从那些阳光明媚的地方前往迷雾朦胧的巴斯克地区。我们很乐意先在阿拉瓦[②]稍作停留。阿拉瓦阳光明媚、地势平坦。阿拉瓦天空纯净，天边不带乌云。从她的平原上可以远眺布尔戈斯、塞

① 此处特指骑士团成员胸前佩戴的徽记。

② 阿拉瓦是巴斯克自治区的一个省份，也是传统上巴斯克地区七省（四个在西班牙，三个在法国境内）之一。

戈维亚和托莱多等地身姿轻盈优雅的杨树。阿拉瓦地区是卡斯蒂利亚的古典风光和巴斯克的浪漫景致之间的优美过渡。阿拉瓦大地上的一切都显得温和而有节制。从这种风景再往前走几步，我们不久便会远远望见群山的峥嵘石峰之间有薄纱般的雾岚缥缈开合。植被越来越茂盛。天空变得低垂。空气更加稠密。绿色的背景突显房屋的灰墙。这些用坚固的石料建造的巴斯克房屋，这些古老而高贵的房屋，赋予我们最深刻的十六世纪印象。这些房屋看起来和十六世纪时没什么区别。房屋建造的时间与我们现在观赏它的时刻之间，没有任何外物来干扰。过去并不能混乱我们的视线。这里不存在过去。巴斯克人是西班牙的儿童。像儿童一样，他们每天清晨都在发现世界。像儿童一样，他们喜欢使人惊讶；这一点表现在绘画、文学和工业等方面。只有在这里，人们才是出乎本能地开心。他们看起来非常健康，没有悲伤的痕迹。现代工业的许多进展在这里和一种原始的感性携手同行。

另一方面，巴斯克地区的环境有利于事物的保存。卡斯蒂利亚的晴朗天空好像有助于物质的散射。在巴斯克地区，低垂而沉重的天空却压缩物质，滞碍其散射。在卡斯蒂利亚，透明的空气使人能感知最微小的气候浩劫：裂缝、缺陷、豁口，还有斑斑铁锈。在巴斯克地区，潮湿晦暝的环境不但和老屋旧楼相配，而且隐藏它们的凋敝衰败；连灰黑色的石头都是灰雾的延续。在热烈动荡的卡斯蒂利亚，城里的人群熙来攘往；他们情绪澎湃，为强大的冲动所驱使。卡斯蒂利亚仿佛一个被人群踩过的花园，花圃和花坛被践踏得一片狼藉。巴斯克地区不曾有过汹涌人潮；它的历史悠长而沉默；男人们出海开拓丰功伟绩，顶天立地，特立独行。巴斯克地区的一切都有利于内敛和持久。现在我们来观赏静谧的风景里这座方方正正、结结实实的大房子。它的墙壁由小块的方石砌成。屋顶上，外突的屋檐宽得显眼。屋子正面中央有一个很大的铸铁阳台。门上方是深刻在石墙里的拉丁文：公元 1575 年，有备无患（Anno

Domini MDLXXV. Tela minus feriunt，quae praevidentur）。居住在这座屋子里的先生一生保持警醒。最近一次内战时，屋子的后半部分被烧毁。那些空房间，人们现在用来晾干菜和种子。景物无声，散发出一种深深的宁静。古老而高贵的巴斯克庄屋在安静的原野上默然而立。

二十四、加泰罗尼亚

见了加泰罗尼亚
谁人能不销魂……

哈辛托·贝达格尔

加泰罗尼亚，你的光明海岸吸引我们的目光，我们的精神之眼。从卡斯蒂利亚，从巴斯克地区，我们远远望见地中海海岸那条黄金和光明之带。弯弯曲曲的海岸线从加泰罗尼亚的最北端一直延伸到阿利坎特边界。对面是人见人爱的马约卡岛；马约卡，还有她那些深邃的海湾里金色、蓝色、紫色的海水。加泰罗尼亚，许多世纪以来，你的名字在西班牙代表着生命、喧嚣、动荡和红尘的热烈纷扰。如今的人们在别样的海洋里航行。远在十六世纪，世界的生命已经走上别样的路径。但是，古希腊美妙的和谐与律动，从希腊来到这里，并将在此永不磨灭。加泰罗尼亚是巴伦西亚，是阿利坎特，是马约卡。

加泰罗尼亚有孤独萦绕的山地，有传统历久不变的农庄房舍。白色的四方钟塔几乎紧贴碧海蓝波。巴伦西亚有一片片橘林；柑橘树的叶子油光锃亮；发亮的枝叶间或闪烁着金黄的果球，或开满柔和丰满的小白花；气息婉约，氤氲醉人；阳光刺目。阿利坎特有杏树和橄榄树。阿利坎特的橄榄树不同于马约卡的橄榄树。阿利坎特的橄榄树经过精心修剪，呈中空的椭圆形。马约卡的橄榄树奇形怪状，荒诞不经；它们树干伛偻，树枝向上长成簇绒状，看起来像巨人或魔鬼。[①]

杏树生长在加泰罗尼亚、巴伦西亚、阿利坎特和马约卡。杏树在白色的河岸边亭亭玉立。因为它们沐浴着如此强烈的阳光，西班牙其他地方的杏树都难望其项背。在平缓的丘陵上四望，任何地方的地平线都没有如此明亮的景色。不管多远，物体总是轮廓分明，细节清晰可辨。这里的人手脚勤快，动作敏捷，心思缜密，饮食有度。加泰罗尼亚、巴伦西亚、马约卡、阿利坎特：天生看惯你们明媚风光的人永远不会把你们忘记。那株白石上风姿绰约的杏树，正是你们的精致优雅的象征。

二十五、诗人的房间

因为房间的门开着，可以看见院中的一部分回廊。最后的暮光照在院子里。一位年轻美貌的女子正走在回廊上。她手托着一个盘子，托盘上是一个碟子和一个水壶。盘子和水壶盖着白布。姑娘走进房间。房间的角落里有一张床，床边有一张桌子。诗人刚刚出去，他要半夜才回来；他回来之前，姑娘要准备好一切。她把装碟子和水壶的托盘放在桌上，然后慢慢地在房间里走动。房间里还有一张写字台和一个柜子，柜子里放着一些书。一扇小门通向衣橱。里面有男子的衣物和饰品：黑呢外套，一件防雨披风，一件加斯科披风，紧身上衣，天鹅绒长袜……姑娘用一把小刷子慢慢地刷着其中的一些衣物。床很柔软。姑娘的手放在上面，轻轻地压。然后，她犹豫不决地走到了写字台前。桌上一大张白纸很醒目。上面写了几行黑字。纸旁边的一个小筐里，躺着六七支羽毛笔和一把切割羽毛的刀。诗人的书柜里都有

① 形状奇特的橄榄树在西班牙著名导演伊希娅·博拉茜的故事片《橄榄树》(2016年)里被形容为善良的妖魔鬼怪。

些什么书？姑娘的手摸过那些书册的书脊，抚过那些写着诗句的书页；最后她在写字台前的椅子上坐了下来。她坐在那里身体前倾，仿佛写字的样子，或者向后仰靠在椅背上。她喜欢坐在那把椅子上的感觉。书柜里有什么书？诗人读什么书？洛佩《扭捏作态的女人》里的两个人物堂胡安和他的仆人卡里略谈论博学的话题。卡里略刚刚援引了普林尼的一个观点。主仆之间展开如下对话：

“普林尼的话
你从哪里听说？”
“老爷啊，平庸之辈
竞相从事翻译，
连我们愚人都学会了
才子扬名的锦绣文章，
这么说起来，我们也当得起
文人雅士之名。
我通晓翻译版普林尼，
贺拉斯和卢坎也不在话下。”
“这些作家你都念过？”
“如果是西班牙语，
那又有何难？喏，你瞧，
连我的枣红马都口吐拉丁。”
“太逗了！太逗了！
百世流芳的文人才子
都熟读拉丁语，
将贺拉斯苦苦寻觅，
而他却藏身在马厩里！

伟大的天才贺拉斯啊，
一个马夫竟然读过你！”

与创作相比，学问算不得什么。洛佩本人在《信仰的胜利》前言里讲到缺乏创造力的人如何反对“发明者”。艺术之本质乃是创造、想象和发明。主仆二人继续他们的讨论。文艺评论也可以是创造，比如圣伯夫，比如梅嫩德斯－佩拉约。[①]

“那么说来，才华和学问
只不过是西古恩萨或
巴伦西亚[②]的帽子和学位？”
“关键是那些无知百姓
做诸如此类的辨别。
刀剑？那是愚昧无知。
博士帽？那肯定有才学。”
“这种推理真够滑稽！”
“它在百姓头脑里根深蒂固！”
“哎，讨厌的西班牙式迂腐！”

好不令人厌烦的西班牙式迂腐！以为博学高于创造灵感的看法实在太荒唐！洛佩笔下人物这一声呼吁是对“通俗之才”这一加给塞万提斯的头衔的最有力的抗议。尽管洛佩自己饱读诗书，他却认为塞万

① 圣伯夫（1804—1869），法国批评家，将传记方法引入文学批评。梅嫩德斯－佩拉约（1856—1912），西班牙著名学者，文学批评家，历史学家。著有《西班牙异端史》《西班牙美学思想史》等。

② 西古恩萨大学和巴伦西亚大学是两所建于十五世纪末的著名大学。

提斯是天然同盟。塞万提斯是个谨慎之人，这个“谨慎”是卡尔德隆在《世界大舞台》一剧里讲到的“谨慎”。谨慎的意思是明智和头脑清楚，是智慧。多么令人生厌的西班牙式的迂腐啊！博学不是创造的推动力。科学也不等于智慧。塞万提斯是创造者，也是智者。

姑娘从椅子上起身环视房间。一切都井井有条。在逐渐加深的黑暗里，白瓷盘白瓷壶依稀可辨。

二十六、马凯达

马凯达是一个人口稀少的小镇，大约有两百个烟囱。它隶属埃斯卡洛纳行政区，托莱多主教辖区。它离埃斯卡洛纳一里格远；附近的城镇还有托里霍斯、挪韦斯、阿拉敏、克西蒙多、诺贝拉、阿尔摩洛克斯和卡达尔索。菲利佩二世曾经想在诺贝拉建造圣洛伦索修道院。天主教双王内务总管的夫人堂娜特雷莎·恩里克斯在托里霍斯建了一座教堂。据说，堂阿尔瓦罗·德·卢纳从来不在卡达尔索停留。虽然卡达尔索属于他的产业，但是可怕的迷信总是阻止他进入那座小镇；因为一个星象学家曾预言他会死于绞刑架[①]。门特里达[②]出产清澈爽口的葡萄酒。马凯达出产粮食、油料和葡萄酒。土地只翻浅层而不作深耕，磨橄榄用牲口拉的碾子，榨葡萄用横的压榨机。开垦新耕地时，犁铧偶尔会挖出古罗马文物。阿拉伯人统治时期，马凯达造过一座城堡；十世纪末，阿尔曼索尔[③]曾下令修葺城堡，就是由建造托莱多清真寺的法托本·易卜拉欣把它修复一新的。1010 年，在马凯达城

---

① 卡达尔索（Cadalso）原意“绞刑架”，用作地名和姓氏。权臣阿尔瓦罗·德·卢纳落入政敌手中，死于绞刑架上。

② 门特里达在托莱多省，当地出产的葡萄酒闻名遐迩。

③ 阿尔曼索尔（938—1002），穆斯林西班牙的常胜将军，白衣大食帝国的实际统治者。他生活的历史时期是白衣大食的鼎盛期。

堡[①]下展开了一场血淋淋的厮杀。今天，城堡只剩下一片废墟。四堵外墙和四角上的塔楼是古堡唯一的残留。从城墙上面，可以隐约看见深壑里有一条溪流蜿蜒林间。

城里住过一位年幼的国王。马凯达所有的历史记忆里，此事和这个地方最相协调。这个孩子的面孔就和这小镇的形象一样：短暂而朴素。恩里克一世是纳瓦斯战役[②]的战胜者阿丰索八世的儿子。他被推上王位时只有十一岁。一位贪婪的权臣猛力把他从抱他的一位姐姐怀中夺走。带城堡的小镇从远处看像一座城市，但是那里的房屋低矮寒酸。那孩子被抬上王位后，却还不是国王。他最终没有当上国王。那座小镇也没有变成城市。在托莱多的土地上，沿着杜埃罗河，摄政大臣把那孩子从一个小镇带到另一个小镇；把一个国王挟持在身边，他的横征暴敛和无法无天都变得很容易。他们也在马凯达停留过。年幼的国王像一个柔弱优雅的影子从小镇飘过。他一定曾经在这里穿越山谷树林，涉足溪岸河滨，一路活蹦乱跳。父亲的伟大光荣压在孩子身上。什么样辉煌灿烂的未来在等着他呢？他已经来日不多。砖瓦厂那正在用一点儿黏土准备作瓦的制瓦工人怎么也想不到他那一把土会让整个王国失去君主。那个正在往屋顶上盖瓦的泥水匠怎么也想不到一片瓦会落下去砸死一个国王。在帕伦西亚[③]，1217 年六月的一天，一片瓦从塔楼上坠下，砸死了恩里克一世。孩子还不满十四岁。

二十世纪的马凯达时光静流，一如十五世纪。除了增添几多废

---

① 马凯达城堡是个四方形的堡垒，四角各有一座圆形塔楼。于 1931 年被宣称为有艺术和历史价值的文保古迹。城堡属于西班牙内政部财产，不久前曾被拍卖。

② 纳瓦斯战役于 1212 年发生在今安达卢西亚自治区的哈恩省。基督教王国联军重挫穆斯林军队。这次战役对中世纪西班牙历史产生了深远影响。

③ 帕伦西亚（Palencia）在中央高原北部，在马德里北 190 公里处，并不是地中海沿海名城巴伦西亚（Valencia）。

墟，其余一切依旧。镇上也许更热闹了一些。也许在庄稼人之间生活着若干纺织工和皮革匠。羊毛和皮革是西班牙的正宗行业。国家最大的财富出在牛羊身上。牛羊提供了大量的羊毛和皮革。羊毛变成商店里出售的布匹，要经过起毛工、精梳工、剪毛工、染色工、织工、压榨工和蒸洗工之手。而加工皮革的则有鞣皮工、硝皮工、马具匠、制作手套靴子的皮匠。装满酒或油的皮袋酒囊在西班牙崎岖曲折的路上出没。马具和马饰上闪闪发亮的是红红绿绿的丝线做成的刺绣和流苏。在客栈里，酒囊从一个人的手上传到另一个人的手上，任一股葡萄酒的细流滋入渴望的嘴里。

马凯达的庄稼人和手工艺人在这里艰辛劳作。无论何处，生活中都难免有不幸之事。二十世纪的生活和十六世纪的生活也没什么不同。1580 年的马凯达，肯定有一位绅士在托莱多和马德里荡尽家产后来此隐居；有一位学生等着返回萨拉曼卡继续自己的学业；有一位不打猎的猎人和一位掌握了如何光复西班牙秘密的策略家。大约在 1523 年，一个孩子为了谋生而来到马凯达，他的名字是拉萨罗①。他去一位神父家里帮佣。他来自萨拉曼卡，是越过格雷多山脉，途径阿尔摩洛克斯来到马凯达的。神父生活清贫。今天，也会有某个离开父母的少年到小镇来讨生计。马凯达的生活经过了几个世纪还是一如既往。十五世纪的庄稼如今依然碧绿。麦苗青，麦秆高，麦花秀，麦穗实。麦子成熟后被收割。偶尔也会有消息传到小镇来：土耳其人虎视眈眈；王子去世；改宗的摩尔人起义反抗；无敌舰队葬身海底。凄然的钟声每个月会敲响一次两次。庄稼人再次把种子撒入犁沟；大地再次变绿；收获的季节如期而至；镰刀割断高高的麦秆，如同死亡收获众生。

---

① 指流浪汉小说《小癞子》的主人公拉萨罗。

二十七、自然哲学

自然哲学家是满心好奇之人。自然哲学研究自然的第二因①和属性。自然哲学家就像一个中世纪的装饰艺术家，后者用花草和小怪物装饰教堂的门廊、柱头、合唱团的座位。自然哲学家研究自然。自然里吸引他的是稀奇古怪的东西、反常的个例和事物的秘密属性。《拉皮条的女人》中好妈妈塞莱斯蒂娜就有点儿像自然哲学家，尽管她并不自知。整个十六世纪和十七世纪，自然哲学家比比皆是。他们主要都研读亚里士多德、普林尼和克劳迪乌斯·埃利亚努斯②。但是，他们是否见过自己描写的那些奇禽异兽呢？鲫（Echeneis）是一种小鱼，可以挡住行驶中的航船。水鸡（Calamon）有点儿类似燕子，在人家里筑巢，如果那家有通奸之人，它马上就上吊。谁能描绘神奇的独角兽呢？独角兽——绝妙的例子——在路遇少女时会变得乖乖听话。

自然哲学家后来又有了更广阔的新视角：西印度。恢恑憰怪之物汇成大潮，从那里源源不断地涌来，并和来自中世纪以及异教古代的怪力乱神之大潮合流。然而，在错综复杂的鸟兽草木、奇石妖魔之间，自然哲学家习惯时不时地插入一番道德训诫，一道谨慎的指令，一个明智的警告。于是产生了在十六世纪非常流行的《奇怪大全》一类书籍，这类书就像奇珍异玩琳琅满目的百货市场，市场上时不时地传来教导读者的明哲之言。佩德罗·梅希亚的《博闻林》就是这么一本书。它发表于1542年，后来又在整个欧洲传播畅销，多次重印。梅希亚的《博闻林》里有一章是这个题目：“关于一种小动

---

① 第一因第二因是经院哲学的概念。一切存在的第一因是上帝，第二因指上帝创造的天地万物。经验科学研究自然的第二因。

② 克劳迪乌斯·埃利亚努斯（170—235），罗马作家，作品有《论动物特性》和《杂闻逸事》等。

物的特别属性，被它咬伤后音乐可以致死或治愈。”还有一章题目是“关于我们称之为海人的特里同[①]和美人鱼，它们是否真实存在，以及若干著名个例。”又有一章题为：“狮子如何害怕一只公鸡和别的弱小动物，个中的原因是什么。”听说蒙田就读过这本书。除了这些奇情逸闻之外，这本书还包含有益说教。梅希亚的《博闻林》和蒙田的《随笔集》有什么不同呢？《随笔集》的个人因素是《博闻林》所缺乏的。在《随笔集》里，作者的个性得到了充分的展现和阐述。作者的个性——这是《随笔集》的巨大秘密——在于他和永久而普遍的人性的契合之处。

二十八、书店

1650年发表于巴黎的《对话》里，安东尼奥·奥丁[②]有一句话备受图书爱好者的喜爱。讲到坎波城时，作者说那里有许多“著名的书店”。十六世纪的时候，印刷出版业已经逐渐在整个西班牙发展开来。布尔戈斯、托莱多、巴伦西亚、塔拉戈纳和塞维利亚都有印刷出版社。那些印刷厂出品的既有厚实的大部头对开本，也有胖胖的袖珍本。萨拉曼卡的波尔多纳里斯出版社，还有阿尔卡拉的胡安·布罗卡里奥出版社，在十六世纪都很有名。在卡斯蒂利亚尊贵的坎波城里有许多著名的大书店。几百年后的今天，在二手书店里找到一本十六世纪的小书会令我们这些书籍爱好者万分激动。我们一直在书籍目录里追踪它；有那么两三次我们与它失之交臂；我们想从一位书商那里买下它，可他却刚刚卖掉；一位友人告诉我们他在一家书店里看到过一本，可是他错了，原来是另一本书或同一本书的次要版本。某天，在我们

① 特里同在希腊神话里是海神波塞冬的儿子，手持三叉戟的半人半鱼形象。

② 奥丁是一位法国语法学家，翻译家。曾是路易十四的意大利语老师。生年不详，卒于1653年。

最不经意的时候，在我们找另一本书的时候，我们的手停留在一本书上；我们漫不经心地翻它，然后差点儿忍不住喊出声来。我们梦寐以求的那本书就在我们的手中。封面上写着“萨拉曼卡，多明戈·德·波尔多纳里斯出版社，1575 年”。

现在，大家想象一下，一个书籍爱好者被魔术带到坎波城那些著名的公家和私人藏书室里。多么巨大的幸福！多么璀璨的珍奇！我们的腰包没有厚实到可以购买所有我们想买的书籍。如果这聚成小山的书是非卖品——如果它是我们现在所称的图书馆，而我们的斗篷也没有大到可以偷偷地顺走四五本书，作为欣喜万分的书籍爱好者，我们就从一个书架走到另一个书架，从每个书架上都抽出书来看，看了又看；我们在亮光下检查纸张的水印，用手轻轻摩挲羊皮纸或皮革。

关于书的话题无穷无尽。爱书者的热情很大；但是爱书如狂者的贪欲对于有些书却也有所不逮。据说，那些小部头的书特别喜欢对最睿智最广博的书籍鉴赏家们搞恶作剧。那些小本子是最桀骜不驯的魔鬼。哪位收藏克维多著作的书迷知道《有头脑的财富》有和初版同一年（1650 年）由同一家出版社发行的萨拉戈萨版？又有哪一位克维多的书目行家知道《上帝的政治》有胡安·包蒂斯塔·佩得罗的米兰版，而且是和萨拉戈萨的初版同一年（1626 年）问世？

二十九、海盗

一条深壑从大山延伸到海边。一条溪涧在群山脚下蜿蜒。山坡的土质呈红色。海滩沿着整条海岸线铺开，沙子呈金色。洛佩·德·维加用短短的三句诗就让我们深刻领会到缓流淘细沙的美妙感觉。在喜剧《科尔多瓦的堂冈萨罗》里，一个人物惊呼道：“大海真是赏心悦目！”另一个人物回答道：

水进水退
仿佛与湿沙
亲密游戏。

山沟的土坡是红色的；天空是蔚蓝色的。沙滩上的沙子是金色的；海水是湛蓝色的。极目远眺，天边浮着两叶白帆。慢慢地，两叶白帆越来越大。它们走得缓慢，不像在动。目光所及，辽阔灿烂，万物无声。在伸入海中的一个小岬角上，耸立着一座小小的方塔。

宁静的清晨，并没有什么来扰乱这幽寂的美景。泄洪道里出现了一群山羊，朝海的方向走去。草不多。羊儿四处散开吃草，时不时地突然甩头。寂静中突然响起了芦笛声。白帆船在蔚蓝的海上行进。吹笛的是一个牧童。吹了一阵子，他把芦笛交给走在身边的女牧童。女童吹了一会儿，笑着把笛子还给男孩。牧童的嘴唇放在刚才女孩嘴唇吹过的地方，又吹了起来。两个人笑得非常开心。帆船继续向海岸靠近。山羊使劲地撅草吃。海水何其温柔地在细沙上进退反复！

水进水退
仿佛与湿沙
亲密游戏。

阳光灿烂，碧波万顷的海面上波光粼粼。金色的沙滩向右边延伸得极远，向左边形成一个巨大的沙凹。白帆船一路前来，已经离沙滩很近。一群人从船上下来，跑过沙滩，进了山沟。片刻之后，四散的山羊争先恐后地集合到一起。在草丛里，它们像刚才一样甩着头。一条狗仰起头看着远去的船只，发出凄厉的吠声。两页白帆越来越小。岬角的那座方塔上升起一柱孤烟。没有什么扰乱这平静的风景。从海边向陆地深入，一座小山上又升起了一柱浓烟。天空万里无云。更远处，下面的另一座小山上，只见又有一柱白烟升起。白帆已经在天边变得极其微小。羊群在独自吃草。狗在悲鸣。在清晨的幽静与安宁里，山顶点起的狼烟冉冉上升。

三十、荣耀

荣耀在十六世纪是一个什么概念？对于该世纪以及后来的西班牙人来说，荣耀又是什么？最高的荣耀是行动的荣耀。智力的荣耀——科学荣耀和文学荣耀——几乎不存在。即使存在的话，也因为它太轻微、太次要而被忽视。西班牙是一个基督教信仰根深蒂固的国度。基督教把美德看作是生活的巅峰。在西班牙，一切都利于崇行抑思。从历史源头开始，一切都致力于行动战胜智力。风景、多元的地形、西班牙人的生活方式、战争、征服美洲，总之，一切都推进行动。基督教与西班牙最深刻的内在气质相得益彰。而崇尚知性的文艺复兴就不能在西班牙的土地上深化。其他民族的理性思辨，我们以成就美德的意志力与之相抗衡。我们的理想和他们绝对互相敌对。在《英雄》一书里，葛拉西安探讨所有的英雄主义。武功英雄主义得到作者的赞扬和崇敬。军事英雄主义是行动的升华。但是到了书的尾页，葛拉西安却说："做尘世的英雄没什么。做天国的英雄才了不起；一切赞美，一切光荣，一切荣耀，都属于天国的君主。"谁能说知性的理想优于美德的理想？责备西班牙科学贫瘠很荒谬，西班牙走的是另一条路。但西班牙的捍卫者在为西班牙辩护时却将自己置身于知性主义的拥护者试图对其发难的同一阵地，这如果不是出于天真，就是因为过分高尚。

三十一、传教士

善良的修士将再也不能从僧房里静观那步步临近的黄昏暮色。他再也不会看到院墙高处那条金色的光带。僧房里的修士曾有多少回观照那最后一抹落日余晖？也许他再也看不到了。他已经在修道院修行十年。出家伊始，他就一门心思地等着这一时刻到来。现在终于来了。修士把衣服打成一个小包袱。为数不多的几本书，有的转到修道院的图书馆，有的送给了同伴。修士离开后很久，一位同伴读到这些书时会满怀深情地想起他："此时此刻他身在何方？他可安好？他为天国收服了多少灵魂？"僧房干干净净，四壁如洗。衣衫包袱已在座位上安放停当。修士的目光在房间洁白而裸露的墙壁上扫过。他想把粉墙的最后印象随身带走。翌日破晓他就要进城；他将在那里和同伴汇合，然后一起踏上旅途。这是修士在僧房里度过的最后一夜。不出多久，西班牙的道路上将会走过一群满怀信仰去追寻大海的人们。他们将会投身茫茫大海，然后驶向未知。波斯、中国和日本的名字对这些修士意味着什么？噩讯不时从那些地方传来；但是信仰不会气馁，也不会畏缩不前。这些好修士从西班牙走向天涯海角，走向殉难，走向死亡。他们同样前往当时刚刚发现的新大陆，向那里的人们传播福音。他们都舍弃了修道院的僧房。对传教士来说，殉难和死亡根本不算什么。西班牙有狂热的宗教信仰。西班牙的信仰由这些人带到天南地北。在所有去国奋斗的西班牙人之中，这些人是最克己无私的。有人攻城略地，有人在处女地寻找黄金。这些修士却是为慈悲而动。他们从四面八方的道路上奔向海岸，然后在茫茫大海中航行，追寻未知。

三十二、可怜的农民

可怜的农民住在卡斯蒂利亚，住在坎波斯地区的比耶尔索，住在维拉德普拉森西亚，住在安达卢西亚，住在加泰罗尼亚，住在加利西亚。可怜的农民之所以可怜可能是因为他田产太少；但是在十六和十七世纪，他的可怜有别的原因。乡村生活是真正的生活。农民样样齐全，什么都不缺。乡村生活既独立自主又有交际性。乡下既有心爱的孤独又有悦人的交流。屋舍相互独立，相距甚远，但是又能通过大路小径便捷往来。农民是自己土地上的王。他有面包、酒、奶、蜜、油。他伐木取材，用来制作门窗、器皿和屋里的家具。橄榄油为他照明。绵羊为他提供做衣服的羊毛。亚麻轻易变成白布，桌布上放面包，床单上睡觉。药草是农民的药房。蜡烛为农民的宗教崇拜提供光亮。喜庆点蜡烛，丧礼也点蜡烛。可怜的农民在自己的土地上独立生活。他的生活由太阳定规范。太阳的命令毫厘不爽；既不匆促，也不怠慢，亘古如斯。遵循这样的规矩，农民的生活完全对称、规律。在乡下，权威和秩序最为自发也最为稳定。传统更加牢固。农民对田地了如指掌。和他谈论稼穑是一桩乐事。绅士的谈话我们不得不忍耐；而和一位农民拉家常，却随时可以打断话头。安东尼奥·德·格瓦拉神父在致贝纳文特伯爵的信中说："一位讨厌的绅士比一个蠢笨的农民更难忍受；因为绅士让你恼火，而傻瓜农民使你发笑。此外，你可以叫后者闭嘴，却不得不等着前者没完没了地唠叨。"可怜的农民可能因为贫穷以外的原因而可怜。乡下人的大逃离在十六世纪末就已经肇端。城市蛊惑乡下人。十六世纪的城市灿烂辉煌。城里出现崭新的标志性建筑。这些美丽的建筑耸立在许多有拱廊环绕的大广场上。农民奔向城市。战争和征服美洲诱惑着他。乡下开始人手短缺。牧主公会享有所有特权。一切负担都落在农民身上。他不能把土地圈起来。羊群闯入农田，把秆茬吃光，把葡萄藤毁掉。流浪汉偷田边的水果。当兵的践踏庄稼。他们入屋洗劫，顺走挂在烟囱上的火腿，把母鸡藏在肥裤腿里偷走。他们还强奸民女。乡下的生活并不愉快。在十六世纪，农业已经开始衰落。而祖国的支柱却正是农民。

三十三、一位圣徒

罗曼修士是上帝谦卑的仆人。人们总不让他安宁。人群跟着他，紧追不舍。他穿圣芳济各会的僧袍，住在城里的一座修道院中。在西班牙的修道院分布图上，我们首先看到城里的修道院。然后是矗立在城镇周围的修道院，比如塞戈维亚的圣十字修道院，阿维拉的圣托马斯修道院，布尔戈斯和格拉纳达的卡尔特派修道院。离城市更远，我们叫作荒漠的孤独地带，还有修道院。建造在荒漠附近的小规模的隐修院，因其艰苦而处于精神阶梯之最极端，那里住苦行僧。偏远地区的修道院大多是由圣衣会教徒建造的。这些修道院里头堪称鼎鼎有名的是位于帕斯特拉纳和布恩迪亚之间的博拉尔克修道院，其次是龙达山的白雪圣母院、加泰罗尼亚的巴图艾卡斯修道院和卡尔东修道院。修道院建在城里，也建在乡下。罗曼修士住城中的修道院。他得不到片刻宁静。人们簇拥着他，骚扰他。他穿的僧服每隔八天就变成破烂。人们拿剪刀一片片剪，或者干脆粗暴地用手一缕缕撕。修士微笑着喊道：“你们可曾见过这样的蠢事？”他善良地微笑，笑得像个孩子。罗曼修士不通世故。他率真可爱。他从一座城市到另一座城市，大人老爷们在家中接待他。人们冲入修士的房间，挤到他吃饭的桌边。他们拥抱他，围紧他，亲吻他，剪他的僧袍。罗曼修士对所有的人都露出难以言传的甜蜜微笑。他叫自己的身体“小毛驴”。他不想给自己的身体任何欢愉。菲利佩二世在街上与他邂逅，请他坐自己的马车；但是罗曼修士随即就下车了。他说："我不想把这一虚荣之乐给予我的'小毛驴'。"他慈祥而威严。他微笑着把手放在一个愤怒者的肩上，后者便怒气全消。他总是赤脚行走；他吃一丁点面包和水煮的菜蔬。他的斋房只有四平方米。罗曼修士几乎总是在修道院外面。城里有一次流行瘟疫，人们四处逃散，而他却救病人，背死人。他探望并安慰囚犯。凌晨路遇弃婴，他会捡起来抱在怀里，在教堂门前为可怜的孩子乞讨。罗曼修士笑口常开，笑脸常在。他的微笑有难以言传的善良。他的敌人是"小毛驴"；但是他知道怎么驯服它，抑制它。他去世之日，满城人都会涕泗纵横，悲泣难平。

三十四、人群

罗曼修士去世了。消息很快传遍城市和乡村。消息甚至传到最偏僻的山沟。农民们从大大小小的道路涌向城市。老幼妇孺，后生童子，无不出动。男人灰色的大衣外套和女人五颜六色的裙裾混杂在一起。人群挤满城中的大广场。时当凌晨。罗曼修士去世已有两天。他的遗体停放在大教堂里。他被放在铁格栅围住的主祭台上，格栅被锁了起来。铁栏很高，铁艺精美。罗曼修士稍稍侧着脑袋，看上去像睡着了。他十指交叉，双手僵硬，握着一枚十字架。葬礼就在今天上午举行。教堂的门依然紧闭。大广场上是密密麻麻焦急等待的人群。黑压压的人海中，红红绿绿的女人服装格外显眼。一分一秒，时间过得真慢。偶尔的风吹草动使人潮变得汹涌。于是所有的脸都朝人声吵闹的方向转过去。不出片刻，又恢复了安静。阳台上满是看客，屋顶上也是。忽然，在一座门窗紧闭的房屋的空阳台上，有人大声呼喊。人群朝阳台望去。鸦雀无声。阳台上是一位身材高挑、英俊潇洒的年轻男子。他留着大胡须，穿一件宽大的皮袍，凌乱的黑发垂到肩上。他左手把一枚十字架举向天空，右手有力地挥动。听到开始几声喊叫，人群顿时变得肃静。人山人海的广场上鸦雀无声。隐士左手擎着十字架，右手挥向人群；他喊道："主啊，上帝啊……"年轻人停顿了一下，又以同样有力而肃穆的声音继续："上帝我的救主啊，在你面前我日夜啼哭（Domine Deus，salutis meae，in die clamavi et nocte coram te）。"他的声音如此有力，他的音调如此悲伤，人群大为震撼。年轻人的气魄让所有人折服。这位隐士的声音深深打动了众人。眼泪夺眶而出；妇女哭，儿童哭，万众齐悲；巨大的声音从广场上升起。隐士在孤零零的阳台上继续呼吁："'Intret in conspectus tuo oratio mea ; inclina aurem tuam ad precen meam…'让我的祷告到达你的耳边；主啊，听听我的请求……"[①]在这一痛苦时刻，大卫强有力的诗篇在这面对人群的神秘隐士身上找到了最佳的诠释者。人群呼号，哀鸣，乞灵，痛哭流涕。"主啊，上帝啊……"隐士有力的声音不停重复。感动悲戚的人群重复着同样的话。"主啊，主啊。"众人的呼吁惊天动地。天空光明灿烂，大教堂的白石已经沐浴在晨光里。

三十五、林中空地

青烟在午后的静谧里悠然上天。孤烟一柱在清明的空中直升，并无一丝一缕飘散。四面是莽莽森林。一队士兵在这片宽阔的林间空地上休整。在很远很远的地方，在大海的另一端，是西班牙。队伍的首领坐在一段树干上。篝火上正烤着血淋淋的肉。马匹或低头啮草，或仰首龁叶。部队刚刚走出林莽。他们走了一整天。首领在西班牙是一

① 以上两段引文出自《圣经·诗篇》第88："耶和华拯救我的神啊，我昼夜在你面前呼吁。愿我的祷告达到你面前。求你侧耳听我的呼求。"

位石匠。他曾参与建造布尔戈斯大教堂；因为和人斗殴他才远渡重洋。胆大无畏使他成为一个连队的首领。在此处休息的这个人在人类历史上写下了特殊的一笔。开天辟地以来，还没有人实现过更大的丰功伟绩。无论统领部众，还是孤身一人，无论全副武装还是手无寸铁，他在这海外的新世界里跋涉万水千山，经历形形色色的部落，有时衣衫褴褛，赤足而行。他克服了重重险阻：光滑而高耸的石墙堵住去路，必须翻越而过；直冲云霄的高原上，酷寒和空气稀薄使人痛苦得度日如年；暴雨淹没一切，好几个星期不能生火；土坡因暴雨而泥泞，挣扎滑脚，踯躅难行；深壑激流在脚下奔腾咆哮，他不得不顺着树干匍匐而过；广袤的平原上草色枯黄，烈日炎炎；使人大腿和肚皮沦陷其中而无法自拔的大泽；辽阔得无际无涯的大河，他以一叶简陋小舟破浪横渡。这位西班牙人心平气和地坐在这黄昏时刻，他的业绩世上还没有人能取得。世上有过帝王将相，英雄豪杰：但是没有人能够在努力、精力、毅力和心灵的宁静等方面达到这个卑微的西班牙人的高度。他的周围没有朝臣，没有王家侍卫，也没有气派的随从。他不穿绫罗绸缎，不用金玉器皿，今晚也睡不上锦绣之床。

夜晚临近，首领和他的士兵要在这林间空地休息。《埃涅阿斯纪》讲的是一个陌生而神奇的世界。《埃涅阿斯纪》开头，埃涅阿斯和他的伙伴们来到一个怡人的海岛，一边休息一边烧烤捕猎到的鹿肉。岛上有茂密的森林；清冽甘美的泉水在山洞里流淌。埃涅阿斯和他的同伴，还有他的后代，将要缔造一个辽阔的帝国。而在这片处女地上，一个伟大璀璨的文明也将会从这位西班牙的首领和他的同伴们开始。林间空地里，众人在休息。风暴肆虐的大海离此不远。山高不可攀。河广横渡难。这群西班牙人在森林中走了整整一天。猛烈的阳光几乎照不进树林深处。粗大的树干倒在地上，年复一年逐渐分解，化为黑土。密叶如毡盖住树枝树干；细长而柔韧的绿藤仿佛固定绿色帘子的丝绦线绳，从一个树干爬到另一个树干，在空中交错，一直爬到树顶，又如节日的花彩下垂摇摆。鸟的尖叫不时撕破天空。突然，就在那一片绿色之上，一扇金黄蓝绿的羽毛快速闪过。在寂静中，在干枯的落叶上，有时候能听到如纸张揉成团的声音，然后闪过一截油光闪亮的皮毛，仿佛一段色彩柔和的锁子甲。

三十六、著名的衰落

在西班牙，衰落是一个由来已久的观念。长期以来，不论是西班牙人还是外国人，都大谈特谈西班牙的衰落。我们要反对这一观点。这一衰落并不存在。这种假设的衰落究竟始于何时呢？它恰恰在西班牙发现并拓殖新大陆之时，在二十个讲西班牙语的西班牙人种的国家遍布一个大陆之时。衰落的观念确实由来已久，名流、学者、史家、才人合力杜撰这一衰落观念。这一观念已经存在好几个世纪，现在是矫正它的时候吗？现在是见出其谬误的时候吗？是的，正是现在，因为现在正是我们放眼美洲，开始获得西班牙强大丰沃这一意识的时候。就像现在正是西班牙完全意识到自己美丽辉煌的时候，尽管这只是不失恰当地顺便一提。而这一认知的开始以及对卡斯蒂利亚的发现，就像别的许多事情一样，要归功于加泰罗尼亚人，归功于帕尔塞利萨①和他的朋友们。美洲经验对于思想者和行动者一定都具有决定性意义。在美洲的地理与游记类书籍和图册中浸染数天之后再回到自己的习惯性思想，我们会生出一种奇怪的感觉。我们走过阿根廷、玻利维亚、秘鲁、委内瑞拉、智利和哥伦比亚的辽阔大地。我们到了墨西哥。我们访问了其他更小的国家。我们绕着大小安的列斯群岛环行。变化多端的各地风景让我们叹为观止。现在一切都让我们觉得狭

① 帕尔塞利萨（1803—1875），来自西班牙加泰罗尼亚地区的艺术家。曾替《西班牙的美景和留念》（共分 11 卷于 1838 至 1872 年间发表）做过版画插图。

小、逼仄、局促。即使没有到过美洲，我们也对它千姿百态的优美风景起了怀旧之情。不论是地理空间还是人类活动，现在的一切都显得狭小局促。我们在想象中置身阿根廷、秘鲁、墨西哥、智利、玻利维亚、哥伦比亚、委内瑞拉的一个城市，一种神秘的感觉使我们战栗；我们觉得有一种内在的生命搏动从昔日一系列的前辈传下来到达我们身上。

没有什么衰落。一个世界刚刚被发现。二十个国家被缔造。一种语言淹没了众多的土著语言。广阔纵横的灌溉工程被营造。道路被开辟。森林被清理，土地被开垦耕种。高山被翻越。茫茫无际的大河被横渡。列国万民被教化。同样的市政机构散布于成千上万个村庄城镇。总之，工业、商业、航海业、农业和畜牧业在地球新的一隅出现，惠及民生，泽被万国。是谁实现了如此伟大的杰作？是欧洲所有的国家合在一起？是所有的国家团结一致，以无上的、巨人般的艰苦奋斗实现的吗？是法国、英国、意大利、德国、奥地利和俄国一起合作？不是，是一个国家，是一个国家独立而为，并无任何人的帮助。它就是西班牙。最大的现代帝国建立之时，西班牙有多少居民？我们不要把目光仅仅局限在西班牙这一地区。西班牙是半岛加上美洲的二十个国家。通过美洲的发现和殖民，西班牙创造了比母公司更大的子公司。如果银行将资金从一个分行转到另一个分行，不能就说这家银行破产了。我们从来都不需要从欧洲学习什么。我们不需要欧洲。欧洲就是我们，而不是其他的那些国家；或者至少可以说，我们也是欧洲，过去现在都是，和其他国家一样。我们的理想和其他欧洲国家的理想一样崇高而且正当。

随着存在于西班牙和美洲之间的精神隔阂逐渐消失——两三百年的疏忽中断了两者之间的连贯——衰落的观点也将慢慢消失。衰落的观念产生已久。过去几个世纪的环境又很适合它的发展。我们国家从前充溢着苦行的教义。生活是脆弱的、愁苦的；尘世的财富是可鄙的；人生自始至终就是痛苦悲惨。从普遍性和永恒性过渡到具体环境和偶发性易如反掌。西班牙的现实一定也受制于苦行出世的原则。当整个世界都被轻视的时候，一个新大陆又有什么重要的呢？看到半岛西班牙的凋敝并不奇怪，奇怪的是直到现在我们才看到或者才开始看到西班牙血液外流扩散的壮观。以前，我们痛心疾首地感觉到家里的弊病。懒散，傲慢，贫乏和无能。我们的全部感性都被吸引到了一个方向。当那些外国人——特别在英国和法国——因为政治竞争和理想对立而对我们的衰落津津乐道之时，我们也不断地自怨自艾。祸不单行的是，以为衰落命中注定、在劫难逃的看法已经根深蒂固。这一观念源自古典世界，一直和自由意志论格格不入。然而，就在第一因和第二因的微妙之间，包括葛兰西安和萨维德拉·法哈多这样的作家以优美而有力的诱人言辞表达了那种命中注定的观念。葛兰西安讲的是“不安的轮子”，法哈多说的是“永恒的织布机”，织布机编织我们难以撕破的世事之布。

三十七、宫殿，废墟

旅人：是稍息片刻的时候了。这是旅人休憩的白色石头。在这黄昏时刻，原野一派寂寞荒凉。石头附近长着一片杨树林。太阳当空之际，杨林为一堆废墟提供荫凉。兴建于文艺复兴、曾经气派非凡的乡间别墅，如今唯余一堵断壁。这里曾经的四壁之内，有多少美好时光流走啊！两边树木成荫的路上，该是怎样车马相望，冠盖云集的盛况啊！或许有步履悠闲的小马驹驮着优雅的女主人走来。旅人：是面对废墟沉思默想的时候了。四野寂寞荒凉。夕阳微弱的金色余晖斜照在地上。太阳顷刻之间就要隐没在远山背后。断壁残垣旁边是默立的绿杨。这片废墟曾是一座辉煌的宫殿。所有这些宫殿在十六世纪新貌焕然，辉煌一时。那时候的西班牙充满崭新的宫殿。石料刚刚加工完毕，洁白如雪。宫殿的回廊和天井里的花格窗饰，仿佛极白的白纸裁剪出来一般。

小巷里，作坊中，石匠和雕刻师用铁凿和尖镐敲出响亮而有节奏的声音。他们精心打制石料。从山上的采石场挖出运来的乱石中，鹰头狮、海贝、儿童、飞鸟、天使、水果和花卉逐渐脱颖而出。艺术家的手满怀深情地抚过这些他刚刚完成的发白的形体，上面还盖着一层薄薄的石粉。在两窗之间的墙上，在廊柱上，窗架上，中楣上，壁柱上，一整个栩栩如生、形态各异的鸟兽草木的世界出现了。宫殿金碧辉煌。它们由泥瓦匠、石匠、铁匠、镀金匠、画师、雕刻师的匠心巧手的伟大合作而造就，而这种对手艺的热烈追求如今或许已经在人类当中永远消失了。

如果我们从想象的瞭望塔上远眺过西班牙的城市，我们心爱的城市，那么我们也一定会看到了广布其间的白色宫殿。旅人：光阴飞逝，世纪流转。我们西班牙的宫殿昔不如今还是今不如昔？如今它们染上时间的美丽绿锈，有了古迹的忧郁魅力。那些石头现在向我们讲述它们昔日无法讲述的东西：时间一去不返的悲剧。旅人：是面对废墟沉思默想的时候了，这昔日宫殿的断壁残垣，在这寂寞荒凉的原野，为我们提供了沉思默想的题目。几个世纪过去了。古老的宫殿已经倒塌。然而，就在这里，在这废墟旁边，却有一片亭亭玉立的杨林。在行将消亡的黄昏的微风中，绿叶轻摇，如永恒中的一抹微笑。

三十八、俘虏的救赎

这位僧人的生活可以用寥寥几笔概括。在俗世里他曾是一位大人物。城里没有人比他更善良。困境中，他从不气馁。他总是一丝不苟地履行自己的职责。他只有一个缺点：太爱钱了。为了敛财，他不怕吃苦。他生活吝啬。家里的仆人都很瘦弱。他竭尽全力地赞扬艰苦朴素以掩盖自己的贪婪。城里的人都爱他；大家都喜欢他的待人之道；但是他的贪婪让亲戚和朋友很难过。这位骑士意识到自己的罪过，也答应改正。但他悔过的意念却总是稍纵即逝。他的亲友有一次和教区主教谈了话。主教把骑士叫来；两个人说了好久的话。骑士第二天就向穷人施饭。全城人都感到稀奇。亲友们欣喜万分。但骑士这一悔悟之举很快就成了过眼云烟。你们可以让一个年轻人远离笨拙；一个易怒的人也可以被驯服得很温顺；一个嫉妒的人通过你们的规劝可以摆脱内心的烦恼。但你们无法使一个贪婪的人放弃自己的激情。施饭后没过两天，骑士就又旧病复发回到了老样子。

一天，消息传来，说骑士的一位密友要回城了。这位朋友在非洲做过俘虏，曾经被囚禁了十五年。从他做苦役的菜园里能看见西班牙的山峦。

在非洲海滩上，
远离自己的家园，
那罚作苦役的园丁，
眺望西班牙的高山。

整整十五年，俘虏围着戽斗转。他的赤脚在地上留下了一道深深的痕迹。远处隐约可见西班牙的土地。十五年的奴隶生涯里，可怜的俘虏没干过别的营生。替他赎身的努力都没能成功。俘虏家里很穷。城里的骑士和奴隶是很亲密的朋友。也许骑士能用自己的一部分财富来帮助朋友赎身。但骑士没那么做。许多年过去了，特立尼达教派成员终于赎回奴隶。俘虏已经回到西班牙的土地上。他要进城了。他进了城。骑士接到了朋友到达的消息。骑士踏进朋友家门，朋友和家人在一起。他迅速向朋友伸开双臂。奴隶却一动不动。尽管还年轻，他却已经白发苍苍，恐惧的眼睛貌似睁开却一无所见。面对朋友，骑士大为吃惊。突然，俘虏像一架机器，开始低着头一声不吭地绕着客厅走起来，就像绕着水车兜圈……

第二天，骑士进了城里的特立尼达教派的修道院，两个仆人扛着沉重的箱子走在前面。骑士不再跨出修道院一步。后来，骑士穿着该教派的白袍和黑披风，踏上了去往非洲的征程。

三十九、教育学

老师出现在门口。他是一位瘦弱的小老头，背有点儿驼，头发光滑，眼睛虽小却炯炯有神。他的手插在僧服的袖子里。当老师出现在门口的时候，全部学生迅速起立；所有的人，包括孩童和少年，他们原来都坐在教室里的长凳上。老师微微抬手示意。所有学生都注视着他。大家又坐下来。开始上课。老师面露微笑，敏捷地来回走动。他的脚步很轻。所有的学生都穿着僧服。老师突然悄无声息地在一个小孩面前停了下来。他亲切地拍拍孩子的肩膀，问了他一个问题。被问到的孩子略做思索，才回答问题。听到答案之后——完全准确的答案——老师皱眉摇头。所有的学生忽然神情严肃起来，大家看着同伴。老师严肃地说学生的答案不对。被语重心长地训斥的学生脸红了。突然，老师笑了。他轻言细语的责备并不是因为他以为学生犯了错误（没有错误），而是因为一个真实的缺点：学生对自己的意见缺乏信心而不能坚持。学生答对了老师的提问。然而，老师的权威却凌驾于学生之上。这恰恰不是这位温文尔雅、沉默寡言的小老头想要的。这个招数每隔两三天就重复一次。学生总是被老师吓到。老师总是微笑着难过地摇头。

继续上课。学生们一一向老师提出自己的疑问。教室有几扇面向田野的窗户。能看到一片辽阔的绿田。清新的空气从大窗口进来。学生问，老师答。他们的对话生动友好。有时候，老师在一个孩子面前停步。他默默看着孩子，轻轻拉起他的胳膊，把他领到窗前，在窗口的亮光下端详他，仿佛不认识他似的。然后，他狡黠地、略带讽刺地发出一声惊叹。老师注意到孩子的一种缺陷，他想以严肃而温和的方法教导他。

在西班牙众多的修道院里，在这十六世纪的同一个钟点，老师们正在教学生。我们应该考虑各大教团的教育活动在西班牙教育史上的功绩。一个世纪后，1676 年，耶稣会教士佩德罗·德·梅尔卡多在《教会事务实践》一书中有好几页涉及教育方法，说得极有见地。梅尔卡多告诉老师们："要注意让学生提问；对他们的问题，要和颜悦色地回答；如果你的回答让他们不快，他们将不敢再提问；不提问，他们就会一直愚昧无知。"

四十、真正的西班牙女人

老妇人住在城郊，郊外的这一地区被称作普拉蒂约，从罗马桥上过河之后可以到达这个地方。现在的面粉厂 1860 年的时候是老屠宰场。屠宰场建在圣奥古斯丁修道院的旧址上，修道院始于 1640 年，终于 1802 年。修道院之前的 1570 年，那片地方造了一组房屋。那些屋子被叫作桑丘·吉尔之家。桑丘·吉尔是一位教区主教。但我们不知道建筑群是属于主教还是属于一位同名同姓的犹太银行家。1880 年，因为推倒老屠宰场的缘故，当地的两家报纸，一家共和派一家保守派，曾就这个问题展开激烈的辩论。老妇人居住的屋子门厅不大；屋子最里面能看见一把木梯；墙上是一个狭窄的小阳台，也是木质的。一道小门，老妇人房间的门，开向这个走廊。每天黄昏，老妇人都出门进城。她穿过桥，爬上"车把式坡"。接着，她朝大教堂走去。老妇人走得很慢，一手拄一根白杖，一手提一个油瓶，油瓶藏在披风下面。城里的人都认识这位小老太婆。她在大教堂的安帕洛礼拜堂里点着一盏长明灯。那盏灯一百年来长明不灭。和她之前的母亲以及母亲的母亲一样，这位老妇人把油瓶里的油倒入灯盏。灯火长明不灭。妇人进入大教堂的时候，偌大的中殿已经陷入黑暗。高高的玻璃画窗在最后一抹夕光里依稀可见。

洛佩·德·维加在喜剧《磨坊》里，让一个愤怒而刻毒的公爵夫人对自己的侍女说：

> 但凭一柄宝剑
> 和胸中的怒火，
> 特奥多拉，我要行一件
> 真正的西班牙女人之举。

在洛佩的另一部喜剧《持水罐的少女》里，假扮女婢的堂娜玛利亚·德·古斯曼－波托卡雷洛杀了一个侮辱她父亲的男人。那位去大教堂的老妇人还没有到这种极端；但她是一个有胆有识的女人。她已经满脸皱纹，驼背弯腰；以前的她也曾身材苗条，面容姣好，引人注目。她在世上已经没有亲人。三个儿子，一个死在佛兰德斯，一个去了西印度并在那里终老一生，第三个儿子死于城里发生的一场瘟疫。妇人坚强面对这一切苦难和不幸。丈夫的背叛伤害她最深。她曾经差一点做出洛佩笔下公爵夫人的行径。

真正的西班牙女人是家庭之友。一年中的部分时间她喜欢住在乡下。她把家里收拾得干干净净。她哺育孩子。她做女红。她用奇怪而熟练的手法缝补旧衣服。她知道怎么腌制食物。她细心照料病人。她衣着朴素。年过三十岁，她就穿黑颜色的衣服。她不滥吃滥用，但也不斤斤计较到影响全家生活舒适的地步。她不是那种丢西瓜捡芝麻的女人。她的性格，在善良与和蔼可亲的外表下面，我们可以发现一种底蕴，一种不屈不挠的力量。那种热烈的感觉——西班牙严肃而有力的风景——正是那种力量、风度与最含蓄的性感完美结合的感觉，赋予西班牙女人无与伦比的魅力。而那也正是洛佩·德·维加所说的“正宗的西班牙女人”：热烈，敏感。

那位住在桑丘·吉尔——主教或是银行家——之家的老妇，每天下午都去大教堂。她的信仰坚定不移。她的爱坚贞不渝。她既温柔又坚强。她曾经美丽而如今却苍老骨瘦的双手让油灯小小的火苗长明不灭。一天下午，老妇人刚一踏进礼拜堂就病倒了。第二天，人们发现她已经去世。油灯熄灭了。

四十一、面对大海的结语

森普罗尼奥：“你说了？”

加里斯托：“要多简洁有多简洁。”

《拉皮条的女人》第一幕

梦想结束了。我们依然在尘世中，在开始做梦时的那间大厅里。眼前的大海一望无垠。盲目而寒冷的夜色把阴影投洒在浩浩荡荡的水面上。曾有片刻，精神超脱了当下的物累，身边的现实不复存在。而现在的我们又重返现世。黑黝黝的苍穹上繁星闪烁。我们在自己的梦想里倾注了些许热情和爱意。如果没有这些诚挚的同情，那个远去的年代我们就会无法理解。远离我们的历史年代不能根据现代的观念、感情和追求来研究。一个民族不能因为和其他民族走了不同的道路而被谴责。关于人类前进的方向我们知道什么？我们现在所推崇的理想经过几个世纪后会有什么顺理成章的、必然的结局？我们又怎么知道？从千百年之后的遥远未来回望，我们刚刚考量过的那个时代的西班牙的理想又会是什么样子？人类到底是理性胜利还是意志胜利？片刻之间，我们刚刚从梦里回到了昔日的西班牙。我们选择了某些特定人物、情景和事件来思考。我们没有囊括整个时代。我们以为有代表性的为数不多的几个特点足以确定一个民族的模式。我们怀着深切的热情在那些人物和事件之上如蝶盘旋。我们的精神四处漫游。或许我们害怕停留，担心自己因为热烈沉思而紧蹙眉头。片刻之间，我们热烈动情地设身处地于过去；我们欣赏了那个遥远世纪的人物和事物。情感逻辑指引着我们；对于那个时代的坚定反对者来说似乎无法解释的东西，我们也以情感逻辑加以解释。但是理性在监督我们。我们在为意志辩护之时不能摒弃理智之光。作为天生多情的艺术家，我们被过去的好戏所吸引。作为理性的劳动者，谦虚的理性劳动者，我们感到自己扎根于现代世界。而我们的精神在梦想之中四处积极漫游，试图理解一切。是的，我们或许时常担心停留。一旦停下来热切思考，我们的宁静、我们的斟酌、我们的平衡也就统统失去了。我们会被迫选择支持过去或者现在。不知不觉中我们的精神会受制于偏颇之心。在这黄昏初临的时刻，面对幽冥的大海，我们满怀深情地想到的是精神的安宁：这种精神之安宁容得下各色人等和千派万别的艺术家，使得我们能心平气和地观赏五花八门的精神好戏。漆黑的空中繁星闪烁。黑漆漆的海面上，灯塔间歇性地投下长长一道强烈的白光。经过一番思索，我们的内心矛盾，那正是痛苦和焦虑之源的初露端倪的可怕矛盾，在我们的精神里化为一种尊重和宽容之道。

一位作家的告白（代译本跋）

为什么作家不应该谈论自己的书呢？蒙田说："我喜欢家庭生活，喜欢和朋友交往，喜欢城市的喧嚣和家庭的忙碌。但是，如果我无法从这一切中退出的话，也就是说，如果我想退避的时候却找不到一个地方，我会很不开心。"我现在坐在一张白色的松木大桌前，这张桌子在一个大房间里靠墙摆放，这个房间在顶楼，和整个楼面一样大。四壁灰色的墙壁没有粉刷，显得粗糙。石膏铺地，屋顶两边倾斜，露出发红的扭曲的大梁，上面满是树瘤。在这间大屋的墙角放了些空盒子和粗糙的大箱子、棕枝主日的干棕榈、一台旧纺车、一块清点衣服的板子、几袋羊毛、曾经周游世界的旧旅行箱、缺胳膊短腿的椅子、一卷卷线绳、纸箱子、生了铜绿的火盆、被煤油打败了的旧蜡烛、被电灯淘汰的落满尘土的煤油灯、发黑的画框、破损的玻璃器皿……我是在一处祖居的阁楼上。在这座有名望的东部小城里，这是唯一有古老贵族气息的房子，唯一的正面展示着四角装有黄铜旋钮的简单而优雅的金属阳台的房子。我工作的桌子紧靠着一个方形的矮窗，窗上没装玻璃，楼下从左到右延伸着一条笔直的白色的小巷，街上的房子矮小却干净。正面是一条倾斜的短巷，一个木匠在街上时不时地敲击他的木槌。呈现在我眼前的是成百上千棕色的，黑色的，高低不等，形状各异的屋顶。

我钟情于屋顶。我热爱老旧的屋顶，沉默的屋顶，无动于衷的屋顶，古城的屋顶，平坦宽敞庄严的教堂和宫殿的屋顶，仿佛藏在角落里、阴影中、藏在两个街角深处的小小的屋顶，或者是大胆的发疯的屋顶。这些屋顶崇拜窗户，为了注视她们，便伸出一个宽宽的屋檐，由扭曲而腐朽的支架撑着。在桌上，在我面前，我有一个白色的本子，开写之前，我审视了一会儿那屋顶全景。远处，在黑色的屋顶尽头，出现了两三棵优雅地摇曳波动的桉树的树顶，在城市的上空，它们好奇地，仔细地，像女人一样守望着我：一个茂盛而阴郁的花园里的桉树。在它们后面，在更远处，在尽头，是一片平缓开阔的山坡。在夏天碧绿的庄稼地里或者冬天的葡萄地里，白色的乡间小道分外显眼，它们蜿蜒曲折，时隐时现，向着山顶爬升。两三座房子分明地坐落田间，一行行盘曲的杏树随意地冒出来，装点那金色的田埂。在高处，山头那裸露而干净的岩石，在灿烂澄澈的青天下，成了一幅缓缓地高低起伏的剪影。

我终于把视线从这山坡，这闪光的山顶，从这苍穹挪开，我赶紧开始写。现在是上午八点钟，是这个小城开始活动的时刻。下面，教堂里大弥撒沉重而深厚的钟声已经响过。铁匠铺已经开始唱歌。一只公鸡在远处咕咕咕地打鸣，声音柔和锐利。木匠时不时地敲响木槌。在这个时刻，城市里所有的声音，所有的光芒，所有的阴影，所有的色彩，所有的一切，经过夜晚的休息之后，重新开始了每日的和谐奏鸣。你们感觉不到身边万事万物那强劲的暗藏的和谐吗？你们看不到这个小城的生活紧张美好堪比世界上任何一个喧嚣的大都会吗？生活中的一切都值得经历。在观察家的眼中，没有任何东西是庸俗的，模糊的，或者缺乏表现力的。如果你们认定这个城市很灰暗，趾高气扬地招摇过市，我会告诉你们，庸俗单调的是你们。在《生活的理想》这本杰作里，威廉·詹姆士说过："生活永远值得过，一切在于有没有相应的感性。我们这许多自诩为知识分子的人，常常是过于远离自然。我们心无旁骛地致力于追求稀奇之物、脱俗之物、精美之物，而对普通的日常事物却不屑一顾。我们满脑子抽象概念，在辞藻和夸夸其谈中迷失了自己。当我们从事那些高级事务的时候，那在最简单的营生里就能找到的特别的欢乐之源，往往会枯竭。于是，在生活最基本的财富和最普遍的幸福面前，我们变得盲目而无动于衷。”你们这些高高在上的先生们，为什么会戴着一副善意而富于同情的冷淡来对待堂胡安、堂费尔南多、堂拉斐尔等所有这些住在小城里的人呢？为什么你们会微笑着，居高临下地微笑，听堂娜伊萨贝尔、堂娜胡安娜、堂娜玛格丽塔、堂娜亚松森和堂娜阿玛莉亚说话？一切事物都有心理价值和美学价值。对于心理学家和艺术家来说，具体而微的事物和宏大的普遍原理，都一样有趣。在微小和平凡之间，在不起眼的细节里，有一种新的美，新的艺术。史诗和抽象的主题，被诗人们翻来覆去地使用直到今天，已经不能向我们表达任何新意。已经不可以高谈阔论、泛泛而谈地讲述乡村、自然、人和爱情。我们需要更能展示生活的微观事实。和谐而简明地聚拢在一起，这些事实能向我们显示宇宙的神秘力量，这力量永恒深邃，既存在于人口众多的大都市和决定人民命运的会议上，也存在于默默无闻的小镇上，存在于那简陋的俱乐部里的聚谈会上。就在那种聚会上，堂华金向我们讲述他平淡无奇的午后漫步。

但是时间在一步步向前。太阳已经把这东部的名镇照得满街生辉。远处，在耀眼的光芒下，田野的色调在被逐渐抹去，直至消失殆尽。雄鸡已经停止了他们今天的歌唱。像我们的公鸡朋友一样，我也许也已经完成了今天的任务：本子上已写满了黑字。我站起身来，在这宽敞的阁楼上踱步，在这些亲切的、见过我们的童年和少年的、破损的、没用的家具中间踱步。我在这屋子里写下的许多篇章读者们都熟悉：《节日》《好法官》《公牛》《萨里奥》《1960年后记》……我试图使这些文章简单明了，尤其是，使它们最大化地远离那失去控制的、难辨自家面目的、浪漫主义的自由意志，并且显出一种有节制的、收敛的古典主义笔力。我这样结束：我也想在这些文章里加入对这些美丽的女子——罗莉塔、胡安娜、卡门——的一点儿好感，一点儿情愫，一种类似于柔情的东西，里面既有性感也有理想。关于这些女子，我们所热爱的大师蒙田曾在晚年提到自己时痛苦地说，只有她们才能把快乐带给“这可怜的、正迅速走向自己废墟的人（à ce pauvre homme qui s’en va le grand train vers sa ruyne）……”

图书在版编目（CIP）数据

寒江镇：散文选 /（西）阿索林著；戴永沪译 . -- 桂林：漓江出版社，2021.11
（外国名作家文集 . 阿索林卷）
ISBN 978-7-5407-9003-5

I. ①寒… II. ①阿… ②戴… III. ①散文集－西班牙－现代 IV. ① I551.65

中国版本图书馆 CIP 数据核字 (2021) 第 008387 号

HANJIANG ZHEN
寒江镇
[西] 阿索林　著
王菊平　戴永沪　译

出 版 人：刘迪才
策划编辑：张谦
责任编辑：谢青芸
书籍设计：石绍康
责任监印：张璐

出版发行：漓江出版社有限公司
社址：广西桂林市南环路 22 号　邮编：541002
发行电话：010-65699511　0773-2583322
传真：010-85891290　0773-2582200
邮购热线：0773-2582200
电子信箱：ljcbs@163.com
微信公众号：lijiangpress
印制：北京中科印刷有限公司
[北京市通州区宋庄工业区 1 号楼 101 号　邮编：101118]
开本：880mm × 1230mm　1/32
印张：5.25　字数：116 千字
版次：2021 年 11 月第 1 版
印次：2021 年 11 月第 1 次印刷
书号：ISBN 978-7-5407-9003-5
定价：38.00 元